CAO TANG

有温度有质感的大唐风骨
有颜面有尊严的当代诗歌

出版发行 四川文艺出版社（成都市槐树街 2 号）
网　址 www.scwys.com
电　话 028-86259287（发行部） 028-86259303（编辑部）
传　真 028-86259306
邮购地址 成都市槐树街 2 号四川文艺出版社邮购部　610031
印　刷 成都市新都华兴印务有限公司
成品尺寸 185mm×260mm　开　本 16 开
印　张 6.5　字　数 160 千
版　次 2021 年 10 月第一版　印　次 2021 年 10 月第一次印刷
书　号 ISBN 978-7-5411-6103-2
定　价 15.00 元

投稿 / 联系邮箱：ctsk2016@126.com
电话：028-61352760/86640163
地址：成都市锦江区书院西街 1 号亚太大厦 7 楼草堂诗刊社

图书在版编目（ＣＩＰ）数据

草堂. 第62卷 / 梁平主编. -- 成都：四川文艺出版社, 2021.10
ISBN 978-7-5411-6103-2

Ⅰ. ①草… Ⅱ. ①梁… Ⅲ. ①诗集－中国－当代
Ⅳ. ①I227

中国版本图书馆CIP数据核字(2021)第199095号

Contents

目 录

2021-10（总第 62 卷）

封面诗人

Featured poet

那里的山水有你未尽的责任（组诗）

◎王夫刚

[为汾河写一首诗]

汾河在流淌，临汾而居的尧庙
不为所动，河西也是河东
诗经也有故里，诗人幸会
学习唐风，学习魏风，学习写一首诗
献给顺流而下的命运——
能唱民歌的汾河夜不成寐
能使用形容词的汾河
瞧不起文凭；能劝慰晋国的
汾河，拒绝波诡云谲
能使用微信扫码的汾河
在采风活动的好友群里一言不发
遇到黄河之前，它不自卑
下雨之时，它既不打伞
也不肯说出不打伞的理由
山西人喊它母亲，山东人却直呼其名
中土之国，汾河在流淌
中土之国，汾河在回忆
苏醒的编钟奏响馆藏的青春之歌
两条大河会盟，岸是证据

[在普救寺的舍利塔上看见大河奔流]

在普救寺的舍利塔上我们看见了大河奔流。
近处是安静的西厢村，偶有嘈杂。
更近处是寺院门口，铺着红地毯的
集体婚礼，即将开始。
一个著名的爱情故事肇始于
佛门；一座会说话的舍利塔
得到了一个女性的名字：爱情是事实
也是一种传奇，足以修订生活。
有人来寻崔莺莺，有人去见张君瑞
君子逾垣，夫人拷红，夕阳
悬挂在史记的腰带上
恢复汉婚的仪式在摄像机的注视中
有所拘谨，祝福刻在锁身
（风动，幡动，爱者心动
啊，身披婚纱的女人为什么哭了）
在普救寺的舍利塔上我们看见了大河奔流。
近处是安静的西厢村，多见婚姻。
更近处是寺院门口，铺着红地毯的
集体婚礼，已经结束。
有情人已成眷属。《西厢记》
已成名著而梨花深院的月亮
已经学会照单全收——以晨钟暮鼓的名义。

[春日过普救寺，听闻马尔克斯辞世]

车子越来越接近黄河，另一个省的山水就在对岸。
同行的人说，永济到了，一会儿
我们将会看到普救寺——崔莺莺
和张君瑞谈过恋爱的地方。
车载收音机里忽然播出一条路途迢迢的
新闻：马尔克斯先生带走了
黄玫瑰，却留下孤独

作家们纷纷以交集的方式谈论他的
魔幻现实主义（许多年以后，
谁还记得那个遥远的下午？）
同行的人说，不知道马尔克斯先生
写《霍乱时期的爱情》时
有没有读过《西厢记》。相国
死了，相国的女儿扶灵还乡
却与爱情迎面遭遇，暂厝寺院的灵柩
和船上升起的黄旗子多么近似。
爱情是颠鸾倒凤，也是星期二下午的
宁静——崔莺莺是费尔明娜
张君瑞也叫作弗洛伦蒂诺——
船无过，墙亦无责，爱的时候
不必撒谎。在这个问题上
王实甫似乎比马尔克斯先生有先见之明。
同行的人说，天上只有一个月亮可供等待
世间没有比爱更为艰难的事情了
后来大家发现，他不过是
在替马尔克斯先生感慨
或者，在王实甫乃至董解元的影子里徘徊。
我们不过是光阴的看客，替爱情鼓掌。

[峡谷与瀑布]

陕西的秦晋大峡谷，被山西称为
晋陕大峡谷：喜马拉雅运动之后
这里的地壳一直在耐心长高
而晋陕大峡谷——请原谅我使用了山西的习惯
长达七百公里的快意恩仇
一意孤行，或逶迤歌唱
或激情怒吼，以断崖式的赌注
赢取山河奇迹：在孟门山
诞生瀑布的地方，壶口
逆流而上（学名叫作溯源侵蚀）
每年进步一点点（大概一米左右吧）
十里龙槽，它走了三千年
也许是四千年——尽管如此
壶口瀑布仍然是移动最快的
世界冠军，去年的壶口
今年就再也看不到了。赫拉克里特说
人不能两次踏进同一条河流
黄河的警告是，没有一个
不改容颜的壶口，让你用于赞美
只把这里当作风景的人
只配在风景里学习走马观花

[晋国简史]

成王与弟弟游戏，送出一片树叶
按《史记》的说法，谓之“此片若封”
晋国传奇，从少年的玩笑
开始了——弟弟的儿子燮父
把长辈的封地由唐改晋
之后文侯勤王，曲沃代翼
献公拓疆，文公称霸
景公弃绛，悼公复霸
直至三家分晋……六百年
铁血芳华，一部烧脑的
记忆史，在春秋和战国之间戛然而止
只剩下空的舞台，空的椅子
只剩下未曾公证的遗嘱
透支着未来。遗址住进
博物馆，是两千四百年以后的
事情了：晋侯墓，车马坑
禁止出境展览的玉佩
以及 1992 年的盗洞所制造的文物分居
纷纷替考古旅游学买单——
曲沃盛产成语，晋都已成典故

[过镇边堡有感]

仿古街道，修旧如新的东门
是镇边堡的名片渴望着
外地人使用（买椟还珠的游戏从未停止）
隐藏于仿古街道后面的窑洞
几近废弃，摇摇欲坠的
西门，支撑摇摇欲坠的夕阳
光阴一分为二，老人
穿过风蚀的古城墙去耕地
年轻人一边玩着手机
一边心不在焉地打发
仿古的生活——新的戏台上
不再有远方事物；空空荡荡的马蹄声
散发出牛粪的午后气息
沙尘掩埋的秘密放弃了
对博物馆的抵制，沉寂
允许生活在别处，允许看上去很美
允许在一首短诗中无疾而终

[我想再去一次草原]

我想再去一次草原，向羊群学习
唱歌；在蒙古包的外面邂逅
留着胡须的远人回忆他的沿海之旅
身后，是披着热风的绿色
逼退沙漠。我想告诉他
大海动荡如初，拍婚纱照的人
依然有着与昭君媲美的勇气
那个不辞而别的黄昏连孔子也不能容忍
那些遗弃在沙滩上的脚印
还穿着 42 码的思念。
我想再去一次草原——在旅行团
启程之前，在有愧于作家的
语法错误中，尽管导游
并不介意，而一路灯火所记录的
是另一种粗心的快乐抛弃着枕木。

[悬崖上的舞者]

登高望远是珍贵的艺术
在锁具上命名星星，是两个人的秋天
踏上起风后的征程——
世间总有着比人更多的道理
那些不能实现的愿望
终将锈死。没有一座山峰
只为我修筑拾级而上的路。
没有一张门票免除旅游时代的庸俗。
退一步，再退一步
我是悬崖上的舞者玩着
有惊无险的游戏。
我是艺术学院的学生曾经指望青春永驻。
清晨发行的晚报上只刊登
别人的本报讯，我几乎天天读它
却从不相信女人的绿洲
必然夭折在货币的骄傲里。

[那里的山水有你未尽的责任]

去海边的人顺便经过你的家乡
那里的山水有你未尽的责任
去海边的人顺便访一下
你的旧居：一幢夏天漏雨的老房子
家里很久没来客人了
青草没过脚踝，慌乱的鸡

跳上墙头，它们不喜欢城里的生活
也不喜欢来客被自己讲的段子
逗得哈哈大笑（公鸡捐躯
母鸡成为寡妇；反之
公鸡将是不幸的鳏夫背负着
孤独的十字架跳上墙头）
去海边的人顺便经过你的家乡
去海边的人只是顺便经过
你的家乡——顺便访一下老朋友的昨天
邻居们说，锁已经锈了
请在门上留言（你叮嘱过的）

[早年挽歌]

我不依靠别人的经验管理孩子
但偶尔也会读一读
书籍里的育儿经：一，二，三
或者：1，2，3。
我不依靠镜子里的我
跟我较劲——送给大海的礼物
不值一提；江山在输赢之外
和一位二十年前的少女
玩着纸牌。爱情进入了非烈士时代
春天只是春天。
蝴蝶只是蝴蝶。
早年的挽歌只是考古学的逝者
在黄土下面发号施令。
我不依靠别人的经验敦促
少女成长——也不依靠她怀中的孩子
证明青春曾在或已逝。

[后会有期]

常识遭遇非礼，这当然不会
仅仅出于对修辞的屈从。
爱又何必像失败一样
愤愤不平？时光在脸上留下了
买椟还珠的证据；一双棉鞋
不可能使命运占有
全部的道路。裹着的心
效忠记忆（遗忘的另一种传统）
立春的错误则因鲜花乍开而失去了
刮骨疗疾的礼遇。校园
依然安静，欢乐还在郊游
时代用它的习惯句式
说后会有期，又说相忘于江湖——
那逼上梁山的眼泪
曾对招安怀着不可思议的
向往：一个人的战争
永远无力对伟大的爱情做出注释。

"当今使我感兴趣的作家多已故去"

◎ 王夫刚

1

通常情况下，诗人谈论诗歌难免乏味和画蛇添足，但博闻强记而又风趣幽默的博尔赫斯先生允许例外。我的判断，可能基于个人的喜好，也可能基于一种已被广泛接受的事实——如果你对这个说法不以为然，我的建议是，不妨去读一读《博尔赫斯谈话录》这本书，伟大的诗人向来如此，不仅文本带给我们阅读的直接喜悦和深刻启迪，就连说话也都是文学史的一部分。这本书的编者（同时也是访问者之一）巴恩斯通在简短的序言中这样赞美博尔赫斯："他曾以令人异常敬佩的友情同别人交谈了一生。"博尔赫斯的坦率、睿智和温文尔雅值得大多数同行再三学习——访问者奥克朗代尔问他青年时期喜欢读哪些书，这位昔日的阿根廷国立图书馆馆长回答，他现在喜爱的书就是他从前喜爱的书，他自己一生读的书不多，大部分时间都在重读；面对读者的温和提问，他的高傲看起来则有点漫不经心："当今使我感兴趣的作家多已故去。"这让那些喜欢接受电台记者采访并且热衷于罗列书单的"社会诗人"心生不爽，按照博尔赫斯的逻辑，向他人兜售的书单越长，被打脸的可能性就越大（亲爱的朋友，但愿你没有这个好为人师的习惯）。巴恩斯通担心自己不能清楚地记住博尔赫斯说过的话，博尔赫斯用哲学家斯威登堡的话安慰他："上帝赋予我们大脑以便让我们具备遗忘的能力。"巴恩斯通坚信，这位语言大师在那些带着问题的同行和听众面前，用他的谈话创造了一份我们这个时代的公开约书，他的声音以一词等于宇宙，这个词的中心无所不在，无处为其边界，听过或者读过他的人们，终其一生都被他影响。巴恩斯通献给博尔赫斯的褒奖有没有言过其实，中国文化的江湖应对一般是"各表一枝"或"见仁见智"，不过有一点可以肯定，他不会仅仅因为博尔赫斯的善解人意而徇私舞弊地做出上述断定。作为一个业余诗人（亲爱的朋友，不要向我打听谁是我们身边的专业诗人），我每天都不可避免地与古老而与时俱进的汉语发生或直接或隐形的关系，但汉语的“时代轻佻”和“社会僵化”同样无处不在地裹挟着我，勒令着我，让我心生羞愧、疲倦，继而充满深深的厌恶。我好像从来没有在汉语中遇见“他曾以令人异常敬佩的友情同别人交谈了一生”这种深情有趣的叙述、“上帝赋予我们大脑以便让我们具备遗忘的能力”这种深入浅出的教诲以及“福克兰群岛那档子事是两个秃头男人争夺一把梳子”这种惊世骇俗的隐喻（亲爱的朋友，这可是博尔赫斯被要求评论交战双方都跟他有关的一场血腥战争啦）。博尔赫斯不相信流派，不相信年表，不相信标明创作年代的作品，恐怕也不相信我的粥中愤怒和泥淖深处的绝望：我对世界的爱和理解远远不够，居然担心最好的诗篇已被别人写过。

2

博尔赫斯曾谦逊地说，他的一生是一部错误的百科全书，一座博物馆，和他同时代的诗人、作家米沃什也曾殊途同归地面临这种无法取消的设问：“我读过很多书，但把那些书一本本叠起来，然后站在上面，并不能增加我的高度。”很多中国读者认为，作为二十世纪最伟大的诗人之一，米沃什的社会影响力甚于博尔赫斯，因为他没有像博尔赫斯那样与中国人最为津津乐道的诺贝尔文学奖擦肩而过——如此简单粗暴地比较两位宗师级别的文学人物显然不够合理——问题在于，合理不合理在中国读者这里自有一套体系，这个体系的标准，既不是美洲的博尔赫斯说了算，也非掌握在欧洲的米沃什手中。我很庆幸我对博尔赫斯和米沃什的热爱或者有限理解不存在两者选一的困境，我乐见我的阅读在他们巨大的沉静的文学阴影中旁观乃至享用了清晰的光辉。米沃什说，他勇敢而大胆地确信他有重要的话要对这个世界说，但在同一篇文章中又告诉我们，他写过各种题材，并且大部分非己所愿。这有点像他自我选择的流亡生涯，世人只见他轻描淡写地说“一个孤独的人，过着隐居的生活”，却往往忽略了后面还有一句：“流亡是一切不幸中最不幸的事，我简直坠入了深渊。”米沃什作品的中文译者、诗人张曙光认为，米沃什在诗中呈现的情感和经验复杂而深邃，他相信语言的力量并力图通过语言来拯救时间和随时间逝去的一切，而不仅仅是客观记录历史；另一位译者、诗人西川谈到米沃什的短诗《礼物》时说，米沃什已经将记忆和痛苦安排妥当，他惯用的雄辩的武器似已收仓入库，西川同时断言，任何一种观点都有可能导致米沃什缩水。米沃什是用来阅读的，也是用来研究的，但归根结底是用来阅读的——即便如此，如我这般试图用几百字来谈论米沃什，不仅力不从心，而且不够道德——那么，就让我们再次从简短的阅读开始，向这位年逾九旬依然写作到深夜的诗人致敬吧：“在我生命的第九个十年，我内心涌起的感觉是可怜、无用。一大群人，无数的面孔，形状，某些人的命运，某种从内部与他们的汇合，但是同时，我意识到我再也找不到办法在我的诗中为我的这些客人提供一个栖身之所，因为已经太晚了。我还想到，要是我可以重新来过，我的每一首诗都将是某个人的一个传记或一幅画像，或者，事实上是对他或她的命运的一次哀悼。”这篇文章的题目叫作《可怜》，需要说明的是，我们所读到的上面这段引文已经是这篇文章的全部，如果我们没有为之意会，释然，久久思索，我们就有可能不是米沃什的“我的这些客人”，更配不上米沃什的“对他或她的命运的一次哀悼”。

3

布罗茨基毫不吝啬地称赞米沃什是“我们时代最伟大的诗人之一，或许是最伟大的”。而米沃什对布罗茨基的喜爱也从来没有顾忌他们显而易见的年龄差异，惺惺相惜的中国版本可以追溯到唐朝，发生在诗圣和诗仙之间的一段佳话。1964 年，苏联的法庭以“社会寄生虫”的理由判处布罗茨基服苦役五年；1972 年，更是剥夺国籍，以“欢迎离开”的方式驱逐出境。行前，布罗茨基给国家最高领导人写了一封信：“我相信我会归来，诗人永远会归来的，不是他本人归来，就是他的作品归来。”十五年后，这位有史以来最年轻的诺贝尔文学奖得主兑现了他的预言，并以此安慰他所经历的审判、监禁、流放和海外流亡生涯。跟终老晚年的博尔赫斯和盛名归来的米沃什不同，早逝的布罗茨基去国后再也没有踏上故土，就连他的死亡也长着一张喜欢开玩笑的面孔，其跌宕起伏的人生堪称传奇大片。他的作品刚好相反，声音安静，风格多样，意象海阔天空，醉心于细节，醉心于具体描写，醉心于名词，醉心于发现，注重处理熟悉的事物和它们的微妙关系，在传统与个人才能之间取得了难得的平衡。布罗茨基的写作缺乏大惊小怪和多愁善感，但预设了阅读的陷阱，粗心的读者往往把他归类为“一首诗诗人”（譬如《黑马》），甚至是“一句诗诗人”（譬如“它来到我们中间寻找骑手”），这种“量身定制”的取舍尤其符合中国读者所继承的“诗以言志”的古老责任。不过这并非布罗茨基的过错，他也有足够的耐心等待每一位读者寻找并发现他在作品中隐匿的谜底和“原来如此”的命运，尽管他并不信赖瞻望——在《小于一》中他说过：“回顾比其相反更有益，明天就是不如昨天有吸引力。”布罗茨基的作品像坐标一样检验普通写作者的文字含金量——如果我们感受不一，判断迥异，也不必展开辩论，就像此刻，我在文字中一厢情愿地惊动博尔赫斯、米沃什和布罗茨基出场，不是绑架他们证明我的诗歌抱负，只不过通过他们分享诗歌所产生的乐趣、美德和荣誉而已。我们也许活得不够好，也许写得不够好，但“活得不够好”和“写得不够好”并非从属关系，而是并列的存在，换言之，“活得足够好”亦非“写得足够好”的前提或者保障。我们需要生活而不是生活的比较学，需要诗歌而不是诗歌的落日条款跟瞻前顾后的欲望沆瀣一气。情况就是这样，我人微言轻，要想言简意赅地讲述自己的立场并且获得普遍理解，求助于名人支持便成为一种肉眼可见的捷径——喜欢长期住在阁楼里的哲学家齐奥朗曾告诫：“我既没有愁苦到足以成为诗人，又没有冷漠到像个哲学家，但我清醒到足以成为一个废人。”而博尔赫斯则对他信任的巴恩斯通有过类似的提醒：“唯有个人的问题才有意思，别提什么共和国的未来、美洲的未来、宇宙的未来，那些东西毫无意义。”

站在远方眺望望海楼

◎ 张英芳

没有一个反证，可以否认王夫刚早期的诗歌创作不是从乡村起步的。正如诗人在《火车要来》中面对故乡心迹的表白：“火车要来 / 火车将穿过家乡 / 在远方的山脉，河流，树木 / 在祖国各地留下我的声音 / 假如五莲是一首诗 / 那么，对五莲的眷恋 / 必然是另一首诗！”王夫刚的故乡在山东五莲，一个极小的地方，一个极小的县城，像所有拥有故乡的人一样，坚实的故乡和坚实的大地指向同一个所在。王夫刚的生活、生命是从这个小小的地方开始的，五莲这个小小的地方是他的家，是他生命情感的摇篮，是他诗歌的原生力量，是他的另一首诗。恰如诗评家燎原所认为的：乡村是王夫刚诗歌写作的唤醒性力量。诗人、五莲以及诗人之诗，这个连生体之间既是生养与哺育，哺育与滋养，朋友与敌人，还是背景与舞台。

然而，当诗人握笔以诗表达故乡的时候，无论赞美、怀念、留下还是离开，诗人与故乡告别的序幕就已徐徐拉开，告别的钟声也一滴一滴敲响。这是即将到来也必然到来的时刻，对于王夫刚，对于作为诗人的王夫刚。

2010 年，王夫刚四十一岁，已经出版诗集《诗，或者歌》《第二本诗集》《粥中的愤怒》等，参加了诗刊社第 19 届青春诗会，获得了齐鲁文学奖、华文青年诗人奖等各类奖项。此年，他已经走出了五莲，走到了潍坊，走到了省会济南，走到了京城北京。走过了更多陌生的地方，甚至更远。此年，他的诗歌创作日臻成熟。同年，诗人作为首都师范大学第七位驻校诗人,像被招安,又似乎不是。在驻校诗人常规的“诗人与学生”的对谈中，他首先介绍并兼解释了他的故乡：“我所在的村庄是山区，却拥有半海洋性气候，天气好的时候可以在五莲山的望海楼看到黄海。我很喜欢这方水土，这个村庄。”在介绍自己之前，他总是先将故乡在他之前隆重地介绍，故乡好像是他的序曲，而后才有躲在故乡背后的那个胆怯的诗人。

五莲山的望海楼，望海楼上眺望所及的黄海，像某种虚无的暗示，又像某种神秘的启示。回眸诗人的创作，似乎清晰地可见他的诗歌写作和望海楼之间某种神秘的暗喻。年少的时候诗人身在五莲，努力地攀爬，试图登上望海楼的最高处。年长后他要开启的就是站在高高的望海楼上，既俯瞰故乡的全景，更要骄傲地眺望远方。再长大一点，变老一点，衰老一点，走远一点，也许就是站在远方眺望遥远的望海楼，模糊而真切。诗人新近创作的组诗《那里的山水有你未尽的责任》就是一点点变老之后，已经身在远方的诗人对望海楼的眺望和深情凝视。就像每个人的一生都有本真的宿命一样，望海楼就像诗人生命的支点和创作的支点，为诗人的过去，更为诗人的未来做好了一切的铺垫。望海楼是他的故乡,望海楼还是诗人的宿命，在他抵达远方之后，在深情地眺望中，在望海楼成为地理上的异乡之后，望海楼真正成了诗人心灵的故乡。

如果说，站在望海楼眺望远方构成了诗人创作的前半部，那站在远方眺望望海楼则凝结成诗人更为厚重的后半部。

组诗《那里的山水有你未尽的责任》是从对故乡之外的远处的山水、情物的临摹开始的,《为汾河写一首诗》《峡谷与瀑布》《晋国简史》《过镇边堡有感》《在普救寺的舍利塔上看见大河奔流》《我想再去一次草原》都是写给故乡之外的“异乡”的诗。然而，随着诗人对异乡的临摹,诗风一转,《早年挽歌》《那里的山水有你未尽的责任》《后会有期》的曲调又幻化成一幅远景。近景、远景、故乡、异乡，参差之间，对照之间，一座桥，一座联系着故乡和远方的桥悄无声息而又刻意地被诗人连缀成他人生的一帧轨迹图。

组诗中的这些远处,如汾河、峡谷、晋国、镇边堡等在他写作的时候，尽管外在于它的故乡,却以此在的方式呈现着他长长的漂泊。现在，长长的漂泊之后，年少时望海楼上眺望的远方一一地变成了此在，当远方成为此在,故乡却成了远方，成了异乡,因此有了《早年的挽歌》中诗人低吟的：“我不依靠别人的经验敦促 / 少女成长——也不依靠她怀中的孩子 / 证明青春曾在或已逝去。”已为人母的少女，青春曾在，然而青春已逝。长大后的诗人，那个长大后的少年，青春曾在，然而青春已逝。诗人在这里，以空间的转换，完成了对时间一往无前，绝望而深情地朝前转变的叙述，并在时空的错位和对接中，完成了对故乡，异乡，远处，所在，此在的叩问。

《悬崖上的舞者》是一首动人的诗。动人之处不在于“登高望远是珍贵的艺术”，动人之处在于：“退一步，再退一步 / 我是悬崖上的舞者玩着 / 有惊无险的游戏。”想象一下，站在悬崖处，不是朝前，而是退后，会是什么样的情状？诗作转入的“我是艺术学院的学生曾经指望青春永驻”，似乎为这一问题做出了最圆满而又残缺的回答。就像颠沛流离、历经风雨，抵达远方的诗人，年少时，远方是最大的蛊惑，远方是梦想。在时间向前而并不曾衰老的容颜里，我，诗人，王夫刚深切地感受到了一点一滴在衰老的自己：“时光在脸上留下了买椟还珠的证据 / 一双棉鞋 / 不可能使命运占有全部的道路。”诗人好像在这里进行着一场抽象的抒情，这场抽象的抒情里面向的是一个虚无的语词：时间。因此诗人以不断变换而确切的空间，不断提示着那个虚无的时间存在过，而且留下了一份有力的证据。

如果要理解组诗《那里的山水有你未尽的责任》，理解抽象的时间和具体的空间之间的关系是前提，理解青春曾在，青春已逝也是前提。从这首诗的形式和叙事技巧来看，《那里的山水有你未尽的责任》里的叙述者和指称均采用了一种第二人称“你”，而非第一人称“我”的方式。叙述和指称似乎是混乱的：“去海边的人顺便经过你的家乡 / 那里的山水有你未尽的责任 / 去海边的人顺便访一下 / 你的旧居：一幢夏天漏雨的老房子。”你的家乡，你未尽的责任，你的旧居，诗以一种间离的方式将故乡以抛物线的形式放逐于故乡之外，可是一幢夏天漏雨的老房子又将诗人精心布置的陷阱和机关一一推倒，继而复原出诗人的心灵密码：一幢夏天漏雨的老房子难道不是诗人我的家乡，我的责任，我的旧居吗？面对故乡为何不能直抒胸臆，而偏偏要以“去海边的人”，一个来路不明的叙述者来置换我为你呢？为何要将故乡称作那里呢？那里又是哪里呢？未尽的责任是什么？使命吗？承诺吗？内心的坚守吗？远方的眺望吗？这个晦暗不明的叙述者“你”和那个清晰无比的“我”，言非所指，又系一人，诗人为何要设置这样的一个叙述迷宫呢？这样的叙述圈套有何意义呢？这是这首诗最有趣最可爱的所在。偏偏记得你，偏偏爱你，却又口是心非称我为你，也许恰是这首诗的秘密所在吧。

叙述人称的故意置换使得这首诗内在情感的矛盾、纠结和视点都进行了一次位移。故乡，我的故乡，当我站在所谓故乡之外的异乡回望之时，难道对他的回望不是一次更为深刻的内心眺望吗？离开故乡，走得更远，故乡还是故乡，然而诗人我却在远方，从身体体验和空间距离上来看，故乡已经变成了你。正是这种人称的有意置换和设置，使得这首诗内在的情感浪潮奔突向前，从而激起诗人内心无数的无言的情感风暴。同时在这种矛盾和纠结中，悄然张开诗歌的另一重内部空间：“邻居们说，锁已经锈了 / 请在门上留言（你叮嘱过的）。”“我”离开故乡已经很久，曾经的院落呀，很久已没有归人，故乡在诗人走得愈来愈远之后，也开始从故乡变成异乡,从曾经的所在变为“又一个远方”。当你，你未尽的责任一次次复沓着在诗中跳跃，隐藏在诗人内心的热泪一一开始诚实地再现着诗人在远方的内心的风景。当诗人再次敲下你未尽的责任，那个少年时期站在五莲山上的望海楼上眺望的少年已经漂泊已久，望海楼，一点一点远去的望海楼此时开始变成一座灯塔，一座指示回家之路的灯塔。也许再也回不去，也许不能再站在坚实的望海楼上眺望，然而，望海楼上的眺望永远也不会模糊。恰如诗人在早期的诗作《我站在远处看见了故乡的桥》中写下的：“我站在远处看见了桥上的徘徊者 / 一个少年 / 把故乡承载不了的命运 / 背在身上：他心中的 / 风，呼呼地刮着 / 他要与心中的风一起飞翔。”这首诗难道和《那里的山水有你未尽的责任》不是同一个曲调吗？站在望海楼眺望远处，站在远方眺望望海楼，永远的望海楼。

在《在北方的海边眺望无名小岛》中诗人将他所眺望的称之为看不见的部分。诗是这样表述的：“但是，在北方的海边，除了眺望 / 和放弃眺望，我不知道 / 明天会发生什么：慢慢衰老的耐心，慢慢地洇出了盐渍 / 曾经的爱和期待变成了 / 无名小岛下面那看不见的部分。”也许诗人之所以以你来称呼你的故乡，你的责任，要表达的深沉的部分就是无名小岛下面那看不见的部分，然而看不见的部分却一直在，长在那里，并慢慢长成为一座内心的灯塔，而此时望海楼才真正地成为故乡。

如果说在早期，王夫刚在他的诗中极力渲染的是他的五莲，渲染的是在望海楼上的眺望。那在《那里的山水有你未尽的责任》之后，他更想表达的是站在远方，对望海楼有力的抒情。如果说望海楼是诗人的心灵坐标和原点，那些长长的漂泊，那些走过的远路，其实是围绕望海楼而生的诗人的人生半径。2021 年，诗人五十有余，当前方的路模糊不清的时候，回归的路却日益醒目。诗人要做的就是在对远方，人生的这些外半径的观察、感受、体悟之后，以一种凛然的回撤的方式，在对他漫长的成长史的回眸中，完成他站在望海楼对远方的眺望，更要完成他站在远方，对望海楼的眺望。在望海楼眺望远方和在远方眺望望海楼中，诗人所走过的漫长的道路，所历经的漫长的心灵史，逐渐定格并烙刻成他自己的生命地图。

实力榜
Major Poets
Cao Tang

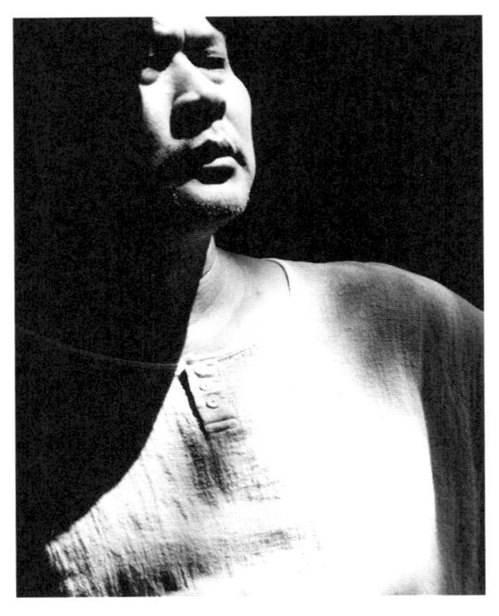

杨键

YANG

JIAN

【作者简介】 杨键，1967 年生于安徽马鞍山。出版诗集《暮晚》《古桥头》《惭愧》《哭庙》等。曾先后获得刘丽安诗歌奖、柔刚诗歌奖、宇龙诗歌奖、全国十大新锐诗人奖、华语文学传媒大奖诗人奖、骆一禾诗歌奖、袁可嘉诗歌奖。多次举办水墨个展及群展。

一粒种子（组诗）

◎杨 键

[小板凳]

有一天，
落日哪里也不照，
只照着院里
我的小板凳。

小板凳，
温暖而幽亮，
一个亲密的人，
不说一句话。

[很多年]

很多年没有看到农田了，
以前天天可以看到，
现在天天看不到了，
变化在这里！
甚至悲哀，悲剧都在这里！
已经很多年没有办法感受到恩情的流动了。

[小时候]

小时候，
在公园里，
我看中了一个小姐姐辫子上的红绳子，
可惜她连摸一下都不让，
她在前面跑，
我在后面追。
多少次，
快要追上了，
她又跑远了。
有一次，
追着追着，
几乎就要追到了，
她又不见了，
为什么正在眼前的小姐姐，
忽然间在天底下消失了，
我怅然若失，
怅然若失在我后来的生命里，
几乎如影随形。

[一粒种子 · 其一]

第一天上课，
老师就被带走了，
黑板空荡荡的，
一个字还没写呢。

没有写一个字的黑板，
空荡荡的，
那些字还没有找到自己，
还在创造它们的秘密里呢。

后来，
我认识了字，
在小巷的大字报上，
这些字怎么看也没有当年
空荡荡的黑板神秘。

它们还在黑夜里，
它们还没有被行云流水，
被江河感动呢。

[一粒种子 · 其二]

香炉里只剩下灰了，
他们说，不要声张。

你沉入江底去救一个字，
至今没有回来。

为了真身你得赎身，
无论什么代价。

你奄奄一息，
有第一等襟怀。

[一粒种子 · 其三]

不知为什么，
同你在一起的时候，
总有一条山路在前面引领。
如同我走在繁华市区，
总有一条林间小路，
在前面引领。

亲爱的友人，
你死了，
可是你的死立即转换成

一条山路，
在前面引领。

[一粒种子·其四]

在天底下，
我总觉得自己还缺少点什么，
但仔细想想，
我只是需要一点盐而已。

[两张水墨画]

——给葛亚平

有一年，
你开车带着我，
对我说，
今天领你去吃，
全世界最顶尖的一道菜。
经过近一小时的路程，
我们到了石臼湖边你的家乡，
三十分钟之后，
那道菜端上来了，
竟然是我小时候，
几乎天天都要吃的
烂咸菜炖豆腐，
这是你送给我的第一张水墨画。

又一年夏天，
你带我去很远的地方，
买了一棵松树，
我俩一起把它种在你家的园子里，
你说，这是我们友谊的见证，
这是你送给我的第二张水墨画。

现在想想这一切似乎都发生在寺院里，
也许在某一段轮回里，
我俩一起做了小沙弥，
一起去受戒，又忘了。

我的好兄弟，
现在时辰已到，
你只是睡了一个很长时间的觉，
该醒来了。

[大部分生命]

大部分生命皆逆生而行，
只有很少很少的人才顺生而为。
举一个例子，
一个女人害羞地捂着嘴笑，
躺在她男朋友的怀里，
那男人在欲望的泥坑里，
瑟缩成一团。
精华丧失以后，
一张苍白的脸，
浮动在夜色里，
大部分生命都这样浪费了。

[黄 河]

无论在哪里，我都可以见到相貌奇古之人，
我知道，这是黄河。
无论在哪里，我都可以见到相貌畸变之人，
我知道，这是废黄河。

下滨州，驱车经过一生中最漫长的芦苇地，
第一次见到了黄河，
黄河没变！是你在变。

[一头牛]

荒草太多了，
好像永远吃不完。
早晨时下了厚厚的霜，
我开始吃下过霜的荒草。
傍晚，
一只白鹭从蓝天深处
翩翩飞来。
我哭了。
我把你哭出来。
你因过于年幼，
牵着我鼻上的绳子，
不知往哪里走。

[有一只青蛙]

窗外的青蛙叫成一片，
东一声西一声，
如同人云亦云一般，
没有什么意义，
但在这万千的蛙鸣声中，
有一只青蛙的叫声，
非常细心，
充耳不闻它同伴的声音，
我在这细致的叫声中
进入最美的睡眠。

[创作谈]

文字贫穷一点好。

为什么棉衣好看，羽绒服不好看。用词灰一点好。

牛不见了，意味着汉语里最重要的朴实、老实不见了。

在日常中抵达神奇，在朴素中到达神妙，在平凡中靠近非凡。

我喜欢荒草，但不喜欢老练，我喜欢痴痴笨笨的，但有道心的文字。

文字得藏起来，就像孩子们躲猫猫，他不能说："我在这里呢！"

要往纸里藏的文字，不能文字刚一写下就从纸里向外跳，从纸里跳出来的文字，就像鱼儿跳出了水。

不能用声音太大的文字，声音大了，会把诗冲跑。无声会筑下语言的堤坝。

歌声不宜太响，用词不宜太亮。

声音上，去掉装饰音，去掉声音的形容词，去掉好强，高人一等的声音，甚至去掉耳朵听见的声音。去掉声音，向无声靠近。

像诗，但不是诗，这是一个普遍的现实。

诗是对妄想的删除，聚焦一处，而至燃点的最充分。

好诗的标准很简单，就是耐读，言有尽而意无穷。

皎然说，格以代降，这个格也许就是语言的防腐剂。

语言的背后还有一样东西就像语言的防腐剂一样，它是什么呢？

今天一行诗没写，只记了一句话，要写得非常不显眼。

你写得飞快，别人读得也飞快。

镜 像（组诗）

◎陈劲松

陈劲松

CHEN JIN SONG

【作者简介】陈劲松，1977 年生于安徽省砀山县，现居青海省格尔木市。1996 年公开发表诗歌。作品散见于《诗刊》《散文》《青年文学》《星星》《扬子江》《花城》《作品》等刊。有作品收入全国幼儿师范学校语文课本及多部选本。著有诗集《白纸上的风景》《风总吹向远方》《纸上涟漪》等五部。

[与一只梨子对视]

我和你，微凉的内心
都深藏着酸涩
都坚持保有黄皮肤下
雪白干净的肉身

都在等着一把
雪亮的，充满渴意的
刀子

[有了裂纹的玻璃]

有了细密的裂纹
但还没有碎

将它打碎的最后一击
还没有到来

那块玻璃
忍住遍体的伤

像那个在尘世里
咬紧牙关的人

努力拥抱住
颤抖的黄金

[一枚钉子的孤独]

在陡峭处立足
用身体分开一小截逼仄浓稠的黑暗
面对呼啸的锤子
咬紧牙关

身体之外皆是悬崖
保持平静，不摇曳
更拒绝坠落
保持沉默，自己和自己对话
以明亮
以锐利

[叹息]

喉咙中的灰烬，尚有余温
袅袅上升的青烟
湮灭掉一张模糊的脸

长久的沉默
是火焰熄灭后的空洞

[扑火者]

飞翔覆盖着危崖

扑火者，用灰烬练习热爱
用翅膀

[雨中的查查香卡]

路过这里的
除了我们的两辆汽车之外
还有几只蝴蝶和一群蜜蜂
以及，一场
七月末的大雨

小镇阒寂无声
静默生出了
幽暗而阔大的倒影

我们在野外无边的油菜花海边停下
那些清澈的花香
掏出路过的人胸中
晦暗的部分

小驻之后，我们继续赶路
查查香卡，留在原地
一切静默依旧
它们都在等待着时间
把这场大雨
变换成一场严霜

[悲悯]

暮色西垂
野薄荷张开辛凉的羽翅
天空布满微微的渴意
风走走停停
不致让高原陷于巨大的虚空

大野寂寂，摊开疲惫的苍茫
暮色的桑烟垂挂天宇
是这人间最后的布道者！

[看风吹动树叶]

风吹动树叶
无人倾听
那喧哗中的大寂寞

无数的树叶踮起脚尖
天空的舞台，阔大而寂寥
集体的舞姿，整齐划一
而那片翻转过来的树叶
孤独而倔强
多像人群中独自回首的那个人

隐秘而又陌生，一片翻转的树叶
让时光露出银质的背面
时光劲吹，再微小的风
也能把一切吹得跌跌撞撞，踉踉跄跄
无论怎么加快脚步
万物也都追不回
刚刚转身的自己

[绿皮火车]

曾无数次踏进
那条走走停停的河流
沉闷的汽笛，如同无聊的劝诫
那么多长途跋涉的人
顺从于无尽的长路
被运送往远方的梦，粗糙而又劣质
那么多人，跳入梦境
又匆匆跳出

哦，飘荡的绿皮邮箱
你将把那么多
茫然的命运
投递至哪里

[文迦草原上，
一匹信步而行的枣红马]

没有牧人，那截灰暗的缰绳
从它修长的脖颈上垂下
拖行在草地上

晨光熹微，脚步轻缓
那只枣红马垂首于
众草与野花间
领受了这个早晨
赐予它的宁静

远处帐篷上升起的炊烟
正弥散进薄雾之中
那匹枣红马，独自在草原上走着
不嘶鸣，不奔跑
它拖着的那截缰绳
晨光一样轻

[创作谈]

万物不言，自有其静默的光芒，它们与这个世界发生千丝万缕的联系时，会激起平常人无法洞察的细小涟漪。法国诗人兰波曾说：诗人应是“通灵者”，其任务就是通过感觉的“错位”去探求神秘的“未知”。世间万物的光芒和涟漪就是这种神秘“未知”的一部分。诗人就是这个世界上洞隐烛微的捕捉者，他们用文字的器皿，捕捉着那些光芒和涟漪。

我与诗歌的渊源，来源于我的阅读。我在安徽北部一个小乡村里长大，小学三年级开始，读书就成了那时候最幸福的事，这也是所有作家、诗人走向文学的必由之路吧。我的中学时代正值二十世纪九十年代初期，朦胧诗的热潮尚未退去，很偶然的一个机会，在同学那里看到了一本诗集，从读第一首诗开始，就被深深地迷住了。后来开始慢慢接触到一些近现代诗人的作品，国外诗人如拜伦、兰波、普希金等，国内诗人如徐志摩、艾青等等。及至后来，读到波德莱尔、保罗·策兰、里尔克、博尔赫斯、北岛、海子、顾城、杨炼等人的作品，这样的阅读让我如饮甘霖，我痴迷于那些文字发出的绮丽的光芒。那些经过“陌生化”处理的诗歌语言，仿佛被剪切后重新组合的地质板块，它们挤压、碰撞，激荡着异响，发出让我着迷的光芒和色彩。后来，当我写出第一首稚嫩的小诗时，我便成了那个流连于文字构筑的宫殿檐角下的孩子，走不脱了。1996年，我在一份中学生报纸上发表了一首小诗，现在已然忘记了那首诗的名字，但它之于我的意义，却是大而深远的，从此它让我在苍凉的尘世找到了一处可供“隐身” 的所在，它为我提供了一条靠近、触摸万物的光芒和涟漪的幽微之路。沿着这幽微之路，我将一次次“拨开尖尖麦芒，穿越青青草地 /……从脚底感受到阵阵清新”。

李见心

LI JIAN XIN

【作者简介】 李见心，本名李建新。1968 年生于抚顺，现居锦州。中国作协会员，一级作家，现供职于锦州市文联。著有诗集《初吻献给谁》《比火焰更高》《李见心诗歌》《重新羞涩》《五瓣丁香》《独角兽》等。曾参加诗刊社第 21 届青春诗会、鲁迅文学院第 19 届青年作家高研班，多次获得全国诗歌大赛大奖。

花朵之钟（组诗）

◎李见心

[阅 读]

要付出多少白昼的忍耐
黄昏才可以飞起来
谁独自和黑暗在一起
谁的眼睛就可以阅读

要付出多少夜晚的沉默
黎明才可以喊出来
谁独自和灯在一起
谁的手就可以阅读

在前方——诗歌以火的形式
为我们辟开道路
谁寻找，谁的眼睑就留下绿色的阴影
谁期待，谁的手指就落下金色的尘埃

[活 着]

一个人把我捧到了天堂
一个人把我打到了地狱
而我仍站在人间——

以流血的方式活着
以不流血的方式死去

[我仍可以看见你]

你用睫毛关闭了时间——
我仍可以看见你
像病鸟一样年轻
像鼻血一样年轻
你的年轻扶不住流水
我仍可以看见你
以风的形状，尘埃的色彩
天使一样漫步在我头发的山峦中
用词语的方式赦免我的罪
——人的尽头是神的开头

[花朵之钟]

花朵之钟
敲开了最灿烂的时辰
敲开了太阳的黑子
云朵的门
有一件疯狂的小事叫爱情
有一件平静的大事叫死亡
死如夏花
死在最壮丽的黑暗
亦如——生如夏花
生在最明亮的指尖
为什么总是把玫瑰——留给死人
刺——送给活人
花朵之钟
敲开了金属的忧伤
敲开了大地——永恒的天堂
灵魂的香

[习惯死亡]

远处的死
近旁的殇
中间隔着的一生比想象还虚妄
我们的死亡多么奢侈
需要那么多鲜花陪葬
血液的粗壮
泪水的尖叫
谁制造了这场灵魂的起义?
子弹穿过月光的声音
而上帝是从不回答为什么的人
起风了，除了试着活下去没有别的路
活着是尽力拖延所欠死亡的时间
所幸，我们已经习惯死亡
就像习惯掖起泪水，弹出微笑

[自杀的雨]

雨像雷声一样砸下来

所有的雨往下跳的时候
都怀着必死的信念
为了坚定自己的信念
它们先用雷声把自己打碎

可当它们抵达地面时
才发现
自己不但活着
还得到了前所未有的完整

[蝴蝶认出了梁兄]

九月趋于完美
叶子还在枝头
虫子还在果核里做着宇宙之梦
人也逃出了自身的泥沼

一切刚刚好
太阳由匕首变成长剑
公平地分割昼夜
月亮屈服于画圆的手

似乎一切都有了指望
似乎永恒也不比生命更长
连乌云都镶着金边
连蝴蝶都认出了梁兄

九月，河水已涨痛翅膀
网已经织好
已经织好
你最后的侏儒等待穿上它

[五 月]

五月一到，树林稍显空荡
也有白花，就像繁花爆破之后留下的轻烟
更有灵魂的味道

金银花坚持着芭蕾舞的姿态
槐花坚持着自己的拘谨和团体操
与童年的拉锯战中，喂饱多少日渐宽大的中年

野地的合唱团倒是正忙，紫音压阵
二月兰越爬越高，升到了高音区
而马兰花开不是二十一了
而是四十七

公路边丁香已经唱哑，过往的货车让它蒙
上灰尘
我刚想擦拭，又想，蒙尘就蒙尘吧
和那些还没来得及蒙尘就灭了的花比
或许更不虚此生

[秋 词]

终于过去了，夏天的火车
轰鸣的阳光
刺杀了无数虚妄的玫瑰

头发的暴动，静止了
让垂落像果实和树叶一样
重新闪烁成一道风景

只剩下凛冽的孤独
只剩下干净的寂寞
只剩下练习冬天一样漫长的死亡

只剩下你那两道生锈的目光
雪崩的头发
毫不留情地埋葬我

我在你的臂弯里弯曲
解不开你手指的方程式
让荒原，从最小的指甲开始

[创作谈]

我喜欢卡尔维诺选编的意大利童话《三枚石榴的爱情》，一个王子想娶一个雪一样白、血一样红的姑娘，最后在石榴中找到了他理想中的新娘。

雪白与血红兼具，这是我们追求的两难境地。对于生活，就是现实与理想的矛盾；对于诗歌，就是感性与理性的冲突。

怎样调和现实与理想的矛盾？怎样处理感性与理性的冲突？这是我们应该不断学习的，做人的艺术和作诗的技巧。

只有相信理想，才能实现理想，只有相信童话，才能创造童话。

“你的诗和你的外表不一样！”所有见到我的人都这么说，我心想，不一样也是一样，一样也是不一样！诗是诗，我是我，生活是生活。诗是我，我是生活，生活也是诗。真正的诗人既能积极参与火热的生活，又能跳出世俗之外冷眼旁观。有的人虽然活得像个诗人，写了一火车诗，可却不是诗人，而有的人不着一字，别人却说他是个诗人。诗人是一种思维方式，生活态度。

以前我喜欢史蒂文斯、希姆博尔斯卡，他们强化了我本来就很强的理性。所以增加感性是我能走下去的唯一路径，近段时间，我拼命看阿什贝利，看他时觉得其他大师都退去了，退得很远，我的眼中只有阿什贝利，看他的诗，像走进了梦魇，走进了博尔赫斯语言的迷宫，不知所云却又不能自拔，他的诗好像是在他身体里安放着一台录音机，把他身体里的感觉杂念全都录了下来，这正是我追求而达不到的境界。

“现在寂静得像一群人，演员们正在准备他们最初的衰落。”阿什贝利的感性让我触摸到了一只可以给我带来温暖和抚慰的手，有了这只手的引导，有了内心世界忠实情人的眷恋，我就可以向生活妥协，向理想进军，让感性与理性和谐共生，找到那个雪一样白、血一样红的人，并成为雪一样白、血一样红的人。

非常现实

Life And Poetry

当我死时，如果你还活着（组诗）

◎ 李 南

【作者简介】李南，1964 年出生于青海。1983 年开始写诗，出版诗集多部，作品被收入国内外多种选本。曾获十月诗歌奖、河北诗人奖、昌耀诗歌奖等。现居河北石家庄市。

[当我死时，如果你还活着]

当我死时，如果你还活着
那时你也历经沧桑
没有一滴眼泪
只能端起茶杯，回忆、回忆。
一起坐过的草地
那时满目荒凉
一起登上的山坡
那时变成了遗址
记住月光下
我也曾经年轻，提裙走过
记住草尖上划过的风
带走了朗朗笑声。
天堂的门票太贵
我们需要积攒一生
替我把青海再望一眼
当我死了，如果你还活着。

[小饮马泉村访友]

秋天的哨声低迷
小饮马泉村边泉水清澈

我有一个兄弟在此扶贫
他有满腔的雄心
和无人对酌的好酒量
在这儿他精通了孤独的学问。

村子里有铺满玉米的街道
村口晒太阳的老人
我看到他们那神秘的微笑
恍惚有契丹人的影子。
他们中活到了七老八十
却没有一个能活过古堡、戏楼和真武庙。

黄昏倾倒出一轮落日
飞狐古道上看不见烽火狼烟
我的兄弟挥手道别
我看到他衣服上铺满暮色
我想象着古堡的冬天，安静，清冷
当然也想起了别的。

[自然律]

不是每个人都必须攀上奇峰绝顶
被星辰浏览
就像有些树也不开花
有些花，也不结果。

[在濮阳某乡村民宿读诗]

小院里有蛋形秋千
多汁的心思飞得又高又远
冲一杯咖啡
读一位巴基斯坦诗人薄薄的诗集
杀戮、世仇、血腥、祷告
死亡教灵魂不得安宁。

此时正值中东战火弥漫
哈马斯。定点清除。妇女和孩子。
这位诗人的悲伤和无奈
久久地缠绕着丁香树上方
血迹和白花同时绽放
又香又苦涩，又甜蜜又让人绝望。

[儿时德令哈]

那时没有省份、地理概念
没有生老病死忧思

星星是梦，黑夜准时吐出黎明
戈壁滩就是游乐场

那时不懂时间越用越少
以为一个人真能活到一万年

父母们粗枝大叶
小路分开白杨，总能带领孩子回家

那时分不清青稞和小麦
但欢笑是礼物，远远大于匮乏的生活

发小们拖着鼻涕
在样板戏、雪人和劳改犯中穿梭

那时不知，未来有一盘阴险的棋局
需要我们用一生来博弈。

[谈起逝去多年的朋友]

春天美好，看花看海
从远处搬运春光
高速公路车来车往

在街角偶尔遇见朋友
谈起近况，谈起另一个
逝去多年的朋友

没有伤感，没有叹息
平静中带着调侃
像谈论一个与我们无关的事物

春天和煦，羊齿草茂盛
热烈的交谈回应阳光
之后陷入长久缄默

我们俩之间，忽有一阵风吹过
吹来了虚无
经过指尖，经过骨缝……

[世界的孤儿]

黑面包发霉。
饮用水混浊。
沃罗涅日的暴风雪弄得他发疯
一个诗人默默地记住了
这远东的春天——
木薄荷、干草垛，偶尔有黄蜂飞过。
他曾经快意地嘲讽过刽子手
也曾违心地讴歌过刽子手。
祖国把他丢弃在这片黑土地上
却没办法缝合他的嘴唇。
这个世界的孤儿
注定要与他诅咒过的融为一体。
诗人寄出的求救信
仍在几十年后经过一个又一个国家传递
草原光秃秃，延伸至地平线
浮标在卡马河上漂动。

[我说汉语，我写汉字]

我说汉语，我写汉字
除了汉语，任何语言我也不会。

汉语，我宣誓过忠实于你
并且大半辈子一直都在为你效力。

即使我走到了异国他乡
你也是唯一喂养我的口粮，唯一的。

汉语里有我熟悉的声律
汉字中的阡陌纵横，把我带入另一重境界。

活在你的福荫下
我为美工作，不计报酬。

你是我苦痛生活中柔软的绳索
是我欢乐泪水中的粗盐。

我用键盘锤砸你，用钢笔刻画你
用我咳出的血块塑造你。

你记录青春、彩虹和悲凉的际遇
见证可耻的沉默，和偶尔的良心发现。

我说过的话语会随小溪流向远方
我写下的文字，也必将在时光中蒙尘。

这样的命运，我心甘情愿
呵护你的纯正与圣洁——我不遗余力。

孤独是一件湿透的囚衣（组诗）

◎ 曹 东

【作者简介】曹东，生于 1971 年，四川武胜县人。中国作家协会会员。著有诗集《许多灯》《少数诗篇》《白夜记》。曾获四川文学奖、四川省十大青年诗人奖、冰心儿童文学新作奖、2019 全国十佳诗人奖。

[蝼蚁为镜]

一个人在月下，吞食跌打药丸
月色似刃
药丸如漆。我已倒退多年
怀抱蝼蚁之心
练习把自己变轻
蝼蚁且为镜，广阔山水间
一穴足矣

[背 景]

在乡间徒步，经过一片墓地
我坐下来休息
光线明亮，露水硕大
凝视着碑下草木
忽然心有所悟：死不只是别人的事
你正在经历自己的死亡
死是每个人活着的
背景

[秋 日]

秋日的重量远胜于夏日
地平线像巨轮的船舷
略微倾斜、摇晃
秋风吹熄绿色的火焰
一个囫囵的人在旷野睡去
第二天傍晚
月亮从他的坟头缓慢升起
仿佛向人世
举起一杆投降的白旗

[道 歉]

我的脸颊抄袭父亲
我的胃疼抄袭母亲
我的第一封情书，抄袭星空的孤独
第一次用指头牵你的手
抄袭鸟儿出壳，轻柔的
那一下磕碰
对不起，我必须道歉
原谅我活得没有尊严
我活着，每天抄袭你们的活
我死时
也不得不复制别人
完全用过的方式，去死

[有 寄]

早晨醒来，眼里噙着一滴泪水
我静静躺着
没有擦去。泪水以轻微之重压住我
内部的旋涡尚未停止
它是我结的果实，藏有生活的
清晰木纹

[参观某战争展览馆]

黑色纪念墙，刻满死难者名字
我默默伫立
怀着复杂的心绪抚摸，用指尖
一个字一个字阅读
一笔一画阅读
突然轻声惊呼，手指剧烈疼痛
噢，是谁
仇怨未解
名字里，那锋利的一笔
刺破了时间
我的指头，流下这场战争
最后一滴血

[雨夜笔记]

雷电从深夜抵达，收割一场暴雨
它们提着雨水的头颅。
天空拧紧盖子，不想放走夜里的一切。
我用手电照射窗外，没有什么用
世界荆棘密布
行走在消逝中。
雨水穿过沉睡者的头皮
我们被人世扣押，孤独是一件湿透的囚衣
包裹在身上
成为解不开的遗物。

[礼 物]

肉身不过是一蓬荆棘
而死亡是一道窄门
不得不脱下有形之物
连多余的一口气都无法带走
但是死亡也是礼物
我的兄弟提前去了自己的封地

[坐守四十亿年的地球]

一只乌鸦拎着夜色，在天空飞行
我凝视一百三十亿年的宇宙
坐守四十亿年的地球
身后的影子，是一片月光的
精细雕刻

得 失（组诗）

◎ 小 米

【作者简介】小米，本名刘长江，生于 1968 年，中国作协会员。1986 年开始在《大家》《人民文学》《青年文学》《中国作家》《诗刊》等报刊发表各类文学作品，入选数十种诗文选集和年度选本。出版个人诗集《小米诗选》《十年诗选》。

[一次交通事故]

小叔叔开着货运三轮车，
装了满满一车沙，爬坡。
超载了，沙子太重了，
货运三轮车爬不到坡上去，
熄火了，退下来了。
沙也退下来了，
小叔叔也退下来了，
全都退到沟底了。

一车沙，无一粒受伤，无一粒叫疼。
三轮车受了轻伤，它很坚强，不想说疼。
小叔叔受了重伤，他说不出他的疼。

村里人发现了睡在沟底的小叔叔，
他们把他送到了县医院，
在医院接应的一个城里亲戚叮嘱人们：
“见了医生谁也别提三轮车，
交通事故报不了医保。”
急救医生问诊时，
村人就一齐大声说：

"一不小心，
他就掉到沟底下去了。"

受了惊吓的满满一车沙子，和
受了轻伤的三轮车，
一脸委屈，仍躺在沟底，无人顾及。

[猪的天真]

猪胖得有些肿了，
两颗小小的眼珠子也快要陷到皮肉里去了。
看不清屠夫，猪眼就想反过来
缩到身体里去，看看自己的五脏六腑

其实，屠夫躲在身后，
都已经设计好猪的后事了，
猪也不知害怕。还回过头来
拱了拱他，又亲了亲他。

又细又硬的短尾巴，仍在甩呀甩呀，
像一个顽皮娃娃，
不想用牙齿，不必用嘴巴，
只用一对小眼睛，
就可叽里呱啦，说一堆好听的话。

[耍 猴]

那个耍猴的人，
把猴子，
耍给人们看。

猴子不做猴子的动作。
猴子做着
人的各种动作，给那些人看。

其实不是耍猴的人耍那只猴子。
其实是猴子把那么多围观的人
都耍了一遍。

只耍给猴看。

[得 失]

前面的水飞快溜掉了，
后面的水气喘吁吁跑来了，
只有岸一直守在岸上，
望着这些告别与重逢。

昨天走了，今天来了，
今天越走越远时，
明天却又越来越近了，
时间就是这样。

只有流水不停歇。
只有时间不停歇。
而它们，似乎又未走开、走远，
似乎它们一直被拥有。

我如岸。
我守着的，
其实已经远去了，望不见了，
我已穷得只剩回忆了，
你却以为，
我是富翁。

我等着的，
一直都在到来。
你以为我穷得只剩白发了，
我却拥有奔涌而来的
亮晃晃的，又一个黎明。

止 疼（组诗）

◎ 耿 爽

【作者简介】耿爽，吉林人，作品发表于《诗刊》《草堂》《十月》等刊。有诗作入选《中国2018年度诗歌精选》等。

[一别数年]

来此地已满五年
租住多层六楼，够高了
依然未能阻止季节准时更迭
我依然每天早上人潮拥挤前出门
依然，太阳跌落后再及时
将自己遣返。掩门，开灯
在几十平方米中播撒脚印和身影
时光在侧，如影随形
深感奢侈的是夜深人静
南窗外，有时桃花开，有时雪花开
同一扇窗，不分寒暑
月亮都来

[像一个逐渐缩小的圆]

为全家吃饱穿暖
他们在村外的荒野里开辟田地
在村里的口粮田里种植玉米

一生从不与谁为敌
却不得不暮暮朝朝对抗无尽杂草
流年逝水，时光晃身
现在，他们的力气只够打败
院落砖缝里生出的青绿
那天，寡言的父亲手握拐杖
坐在门口的方凳里默默望过来
站在一旁的母亲不停朝我们挥手示意
秋风拍打车窗，后视镜里的
他们，像两株不堪吹拂的小草
柔弱，摇晃，荒凉

[回 乡]

车子颠簸
暗合心底的悸动
粗算，一往一返三小时
中间停留两小时，时间刚好
看一眼腰身渐深的母亲
和手拄拐杖守望在檐下的父亲
看一眼收藏母亲忙碌的身影和脚印
又刚刚奉献了萝卜、土豆的小小菜园
看一眼篱笆边哗啦作响翘首以盼的白杨树
看一眼身着最后一件彩衣
从未言爱意却紧拥故乡的群山
这些，足以把两个小时
充实得满满当当
你看，命运未必可爱，但或许
向来怀着煞费的苦心
不然这储存着父辈命里的苦咸
和酸涩的地方
这让我拼尽气力离开的地方
怎么会每回来一次
竟仍有过年一样的激动
与欢欣

[止 疼]

淋巴结炎，因为女儿
认识的新名词
开始承认，人至中年
我们对世界的认识
依然不够完整
术后换药时，医生问使不使用麻药
对不起，亲爱的孩子
我说了谎。所有的疼痛
都带有长度和深度
没有叫疼的痛能飞快地过去
近乎残忍。拥有过的甜蜜
和汹涌过的泪水
有些时刻，也都会力不从心
我祈求此生你远离一切痛楚
但若无法避免，你要相信
没有良药比我们
握紧双拳，咬紧牙关
更能止疼

身怀硬石（组诗）

◎寂之水

【作者简介】寂之水，本名刘丽华，女，“80后”。原籍湖北阳新。文字发表于《草堂》《打工诗歌》《星星》《诗选刊》《中国诗歌》《诗歌月刊》等。

[身怀硬石]

它们曾经长在父亲的身体里
父亲离开后，他们像种子
在我的身体里再次生根发芽
那些石头越长越大，越长越多
时刻磨着身体，这曾是父亲的生活
时刻感受着疼痛，不分日夜
由我再次细细体验、辨认
这是生活的日常，其中的一个侧面
在生存面前不足挂齿
除了自己，无人知晓
那些石块磨出的伤口不被看见
那些疼痛不被看见
却占据身体的核心
占据感受的中心
占据人群的中心

[一件T恤的旅行]

一件T恤的出生地
在车间滚动的流水线
在震耳欲聋的机器间
来自一双双劳碌、粗糙的双手之间
来自黑眼圈与红血丝之间
来自欺骗、谎言与扣薪、欠薪之间
来自清贫的村庄与低矮的屋檐之间
来自地下室的潮湿与灰暗之间
用廉价的汗水编织
然后用同样廉价的形式
运往世界每个灰暗、贫困的角落
再次回到那些纺织与裁剪者的身上
回到灰暗的人群中间
回到低处的你我之间

[生活暴雨劈头盖脸]

四十四岁，已经没有工厂再要她
在十几平方米的出租房里
除了一张床，堆满了手工包装零件
每天送完孩子，不是打临工
就是在家里做手工包装，每天做到凌晨
收入的几十元只够温饱
孩子的学费，房租，还有贷款都在等她
单身妈妈的她甚至找不到肩膀可以哭泣
生活里的暴雨隔三岔五下一场
不等她找到屋檐
不等她找到大树
说下就下，劈头盖脸

[父亲火化的那天]

父亲火化的那天
被抬到木板上
装在货车的车斗里
两个姐姐在车头丢小额的硬币
说是在打发前来索魂的小鬼
车斗里陪着父亲的我，只知道哭
没有鲜花，没有玻璃棺
父亲就那样躺在冰冷的地上
呈现着告别世界时的卑微
生与死都没有改变的卑微
被人间抛却的卑微
只有风尖锐地抽打着我
像是回答，又像是质问

[微 光]

在这段昏暗的旅途中
写下小径中的疲惫和艰险
写下大道中的遥远和苍白
在这块歇脚的地方，生存着一贫如洗的人
微不足道的人，千疮百孔的人
带着想象的千军万马
想要跨越生活的万道沟壑
想要捕捉其中一两个欢乐的瞬间
想要捕捉光明留下的痕迹
余烬中的微光
照亮一些事物
重新赋予生活的意义
将一些弱小的字眼，赋予力量
赋予生存的空间
新鲜的空气

最青春
Younger Poets
Cao
Tang

最好的秋天（组诗）

◎ 林 珊

【作者简介】林珊，“80 后”，江西籍，中国作家协会会员，首都师范大学驻校诗人。出版诗集《好久不见》《小悲欢》；曾就读于鲁迅文学院第 36 届中青年作家高研班；参加诗刊社第 35 届青春诗会、《人民文学》第四届新浪潮诗会、第八次全国青年作家创作会；获第十七届华文青年诗人奖、第二届中国诗歌发现奖、2016 江西年度诗人奖等奖项。

[2 月 27 日，生日之诗]

是春风送来那些祝福
那些美的，暖的，蓬勃的
灿烂的
是时间让我感受到距离
那被云朵覆盖过的一千多公里
漫无尽头的鸣笛，一别两宽的流逝
当我离开故土和丘陵
来到遥远的成都
我想起你，那些完满和破碎
那些树林和苇丛
那些被神明垂怜过的夜晚和黄昏
那些无可挽回的拥抱，争吵
和奔逃
这些年来，有人爱过我逝去的
韶华，微醺的酒窝
有人爱过我寒夜里的啜泣
眼眸里的悲喜
如今，再没有人要求我什么
我曾反复听一首老歌，到心碎
我曾是诗歌的信徒，抱紧鲜花和
荆棘

我曾得到过爱，又失去了他
如今我仍然惊惶，沉默，孤独
如今我走在青草陌陌的路上
我看到人群散尽
我听到一面湖水的叹息

[我们从未相逢]

通往机场的路上，想起旧日种种
想起一个人和另一个人的
相逢和别离
阳光照在众多路人身上
影子慢慢漾开
那片遥远的天空
那个爱恨交织的人
如今都已经一去不复返
春天开过的花
厌倦了花期
冬天下过的雪
消融在雪中
是什么让你又回到了这里
又是什么让你充满不安
和惶恐
你走在陌生的人群中
蒿草又绿了一些
你走在幻境的岛屿里
泪水又多了一些

[最好的秋天]

一个人，究竟能够拥有多少个秋天
多少片树林，多少枚落叶
又有多少列火车，穿过树林
穿过落叶。从远方
驶入你的山冈，你的湖泊
你的旷野
我们永远也无法预知
每一个秋天，将会给我们
带来些什么。时光隐匿了
多少悲喜
站台目睹过多少离别
我希望你将来为我描述的
永远是
这样一个暮晚——
绵长的汽笛声
由远而近。之后，是万籁俱寂
是我们的脚边
只有风吹落叶的声音

[断 章]

即使我在深山里热爱过整个春天
满世界的雨，仍是孤独的易碎的

那一年在北方看到的雪
在电影里看到的离散

让回忆布满荆棘
让今生恍若隔世

[她想起一个人的名字]

该怎样才能写下，河水的对面
是教堂
落日的余晖里，开满了野蔷薇
站满了灰鸽子

她遇见过来自远方的神父
他身穿宽大的白袍子
他蹲在春天的草地上喂鸽子
白鸽子，灰鸽子

她从来没有遇见过的
是在教堂里举行的婚礼
盛大的婚礼
陌生的婚礼

她低头望了望空荡荡的手指
她想起一个人的名字
她不再是他的妻子

[镇北堡]

我们在什么时候，来过这里
这原始的古朴的粗犷的荒凉的城堡
这明清的版图烽烟滚滚的边塞
我们在千年之后的晨旭中
走向月亮门，盘丝洞，柴草店
酿酒作坊，铁匠营
我们走在那么多年轻的苍老的陌生的
面孔一闪而过的老街巷
我们在人潮中丢失了什么
我们在慌乱间拥抱了什么
我们走啊走，走了很久很久
才恍然看到我们的前世
一块石头，和另一块石头
按捺不住满心的狂喜
在暮色中等待黎明的降临

[我们需要泪水]

这是北京的春天，妈妈
迎春花开到荼蘼，紧接着是连翘
杏花，碧桃，重瓣棣棠
我有时会站在树下
等待黄昏的降临
我有时会坐在公园的长椅上
回忆隆冬和迷雾
我离开南方已经很久了
我和一个人告别，已经很久了
可是我还是会偶尔梦见他
梦见火车穿过原野
梦见飞机在云层深处穿行
妈妈，我走了很远的路
才来到北方的村庄
被白雪覆盖过的麦田
我们需要一场雨
让麦苗返青
我们需要泪水
和万物互相赞美

那些干净的雨水（组诗）

◎ 亮 子

【作者简介】亮子，本名李亮，1987 年 9 月出生于甘肃成县。中国作家协会会员。2020 年参加诗刊社第 36 届青春诗会。出版诗集《黄昏里种满玫瑰》。

[有人问我]

有人问我
嘉陵江的源头在哪里?
有人问我江水为何欢愉?
有人问我
落日之下
为何万物慈悲?
唯独我的背影投来一抹荒凉
还有人问我
为何那么多身边之人
指着太阳说温暖
闻着月光想故乡
又不止一次地混在夜空之中
有人问我
你的心是否早已生石?
我只是对那些泪水浅尝辄止
犹如莲花饮着落日
狂醉不醒

[与己书]

不要忘了世间新生的野草
一滴雨已经复活
不要随便指责月亮
她常常光彩照人
不要一个人走进大城市
人潮汹涌
满月之时
我愿独自与之共饮
喝多少都不觉得懊悔和痛哭
山间溪水清凉
云层心中也有跌跌荡荡

[手里握着皑皑白雪]

一个人走在山中
大雪覆盖
明月相照
去寻找山神
在破庙里住一晚
生火煮饭
手里握着皑皑白雪
肩上扛着人间褡裢
始终是一个人
临行前
多了一行黑熊的脚印

[一生之中从未到达]

一直空于想象
美丽的夜空、岛屿、沙滩和海水
还有哪些干净的雨滴没有驻足
闪电在夜空中歌唱
我要照亮大地的每一寸肌肤
我要在黑暗中寻找宝石

蔚蓝的海水再一次奔涌而来
它带着远方的消息
也带着满身星辰
它要在这里栖息
囤居沙子和礁石

我已经没有理由不借助月光了
一生之中从未到达
海水荡漾的鼻孔里
有一头巨鲸正屏气凝神
它的身子逐渐加重了月光的脚步
再远的故乡依旧明月袭人

[听 海]

一个久别故乡的人
一个群山之中的人
一个穿梭风雨的人
一定要在明月的镜子中
听一次海
一定要在暴风雨的晚上
听一次海
一定要在大海上独自泛舟一回
听一次海
所有的海浪和涟漪
都会把礁石的缝隙填满
珠光涌现岸边

[海水之身]

也许我一生就这样了
拥有咸淡不清的海水之身
有光照过来
斑驳永恒

[出入口]

我坐在窗前看十字街的人流
东河水充满珠光宝气
荡漾着生机
一位领着孙子的爷爷
牵着孙子的手过马路
然后，孙子哭闹着又要走回去
如此反复几次
我一直瞩目着
直到一片树叶惊魂落地
我还是没有找到幸福的出入口
暮色就将我席卷一通

[每天都有很多次航班飞过小镇头顶]

我已经知晓了外面的世界
艳阳高照
阴雨连绵
每天都有很多次航班飞过小镇头顶
我不是这个小镇的居民
但每一天我都要在这里工作到很晚
渐渐地
那种轰鸣声
成了旧习惯
等待夜空出现
星星唤作礼物
簇拥而来

一些诗开了头，却没有再写（组诗）

◎王彦山

【作者简介】王彦山，生于1983年，山东邹城人，现居江西。诗歌发表在《诗刊》《中国作家》《钟山》《天涯》等刊物，中国作家协会会员，江西省滕王阁文学院特聘作家，南昌市作家协会副主席。曾参加诗刊社第30届青春诗会，出版诗集《一江水》《大河书》。先后获三月三诗歌奖、中国新锐诗人奖、中国青年诗人新锐奖、南昌市滕王阁文学奖等。

[年近四十]

每天
都要为女儿的早餐发愁

她一天天长大
看着还是个小怪物

需要我们
重新认识

认识的人越来越多
朋友越来越少

很多书打开
还没有读完

把每天要走的路走上一遍
依然没有看到长安

一些诗开了头
却不愿再写

每天醒来，身边的大河
正以每秒2150立方米的平均流量

向下游流去
我知道逝者如斯

一具沉重的肉身
已被远远地虚掷

[我]

拍照
但不是摄影师

读古籍
但不是古人

写诗
但不是诗人

热爱着一些不合时宜的事物

但不是博物学家

有一个女儿
但她不属于我

不喜欢一些人
但还是和他们坐在一起

厌恶重复
还是走在同一条道路上

偶然被带到这个世界
赋予姓氏，一个合法的身份

活着
但还没活成一个人

熏风吹拂的夏夜
一轮明月

照看我
也照着无边山色

[在晴川阁上看水]

一生中
我曾看过很多地方的水
故乡的白马河，小镇边的鄱阳湖
烟波浩渺的太湖，水流激湍的青弋江
还有我居住的城市，一条大河
以每秒 2150 立方米的平均流量
流过这座城市，它在夏夜的月光下
激荡着，喘息着，像一个远道而来的
旅行者，稍做休整后，又整装出发
它如此年轻，每天都是新的
昂扬着，从一个城市
到另一个城市，一个少年蹬踏着
自行车在岸边疾驰，银色的辐条
反射着太阳的光芒，两岸青山
也留不住它决绝的步伐
而此刻，当我登临
在晴川阁上，像一个古人一样远眺
另外一条大河，发思古之幽情
过往的河流全部醒来
倒灌，在我体内
急遽寻找着一个出口

[一说到秋天]

天凉了下来
下午
母亲还带我和二姐
在地里收玉米秆
我们把一捆捆风干后的玉米秆
抱到地排车上
偶尔有蚂蚱蹦出
但已飞不了太远
它们大概也知道
秋天已至
再晚一点
天暗了下来
露水打湿了路边的枯草
停电的夜晚
蜡烛在院子里
舔舐着黑暗
也被黑暗一点点吞噬
寒意一阵阵涌进院子
又漫进屋子里
蛐蛐不竭的叫声
加深着此生的寒凉

时间爱过我（组诗）

◎周文婷

【作者简介】周文婷，“90后”，陕西靖边人。作品发表于《人民文学》《诗刊》《作品》《扬子江》等刊物。曾参加第八次全国青年作家创作会议、鲁迅文学院陕西中青年作家高研班。曾获陕西省文化艺术节诗歌类一等奖。现供职于延长油田。

[在靖边]

在靖边，天很冷风很大
我面对沉默，只字不提未来
我不知道自己还要荒芜多久
我不知道大山还要寂静多久
我不知道石油还要开采多久
别人提及的牛，锄头，种子
在我的脑海中已生锈八十一遍
夜里，油花一滴滴冒出
洗净锈迹，洗净锈迹里的土木之气
我变得：胆小，乖张，顺从
甚至不敢去想明天要发生的事情
我不再暴戾，偷偷地把明晃晃的事物
放在永远想不起来的地方
如果得到的，注定要失去
我只想将捡到的每一枝玫瑰制成干花
或画在纸上，不担心刺更扎人一些
如今的我，经得住疼或更疼

[寻己者不遇]

从木头的黄金期开始
练习不言不语
信仰和黏附的灰尘同命
尚未崩塌。四周是墙
群山瘀青未散，垂着脸

落日拖着我的影子
林木绊着我的影子
河水困着我的影子
只有一身黑色的鸟知道
影子无罪，至此

悲哀的人将继续悲哀下去
月光也将继续白下去
被嫌弃了这么久的声带
给予选择变老的权利

亲口承认镜子里的自己
是寂静命定终身的人

[时间爱过我]

时间腐朽前
承诺有高空坠地的危险性
那个十八岁的少年
曾一本正经地爱着我
我拒绝的时候，整个北方的风
都吹向我的身体，从此
我在虚无中夜以继日凿出星空
不知斑斓的健康还是疾病
贫穷还是富有——
训练多年的豹子，依然喜欢从
喉内跑出，每一个昨日依然
奉上悼词，每年风枯之时
便陷入有限的回忆
溢出来的沉默，巴巴地等我
掏出自己猩红的心——
证明时间真的爱过我

[爱你爱得太久了]

寂静，成了余生全部的财产后
我得继续好好吃饭，好好睡觉
让温水里洗了又洗的年轻
回到清白的模样……

那些孤零零的时间多么无辜
长在风里的那一部分
该怎么去忘记呢?
有没有眼泪配得上这样的悲伤

太久了，我爱你爱得太久了
悲伤也变得暖和起来……
眼睛里止不住地涌出来平静
目送着记忆一点一点
撤退到遇见你的前一天

实验经纬

Experimental Poetry

[编者语]

陈亮的诗歌《桃花园记》以梦幻的方式，把个人记忆之中亲情和泥土气息融于诸如飞鸟和木雕的意象之中，幻生出来的朦胧而疼痛的诗性，将个人命运的历史性话语与自然主义的生态情怀进行了诗性的比对，我们看见的是诗人用语言的魔幻对现代人的焦虑进行了修辞的过滤，抵达了审美的心灵世界，这样，陈亮诗歌在虚与实的边界确立了与大地与神灵的对话。

《想象与理解》是诗人梅依然以女性的立场和孤绝，面对天空、死亡、时间与肉体，用歌唱的声音，闪耀的爱和上升的欲望，与烂漫的生活和璀璨的内心进行的一次终极关怀，她把孤独交给了落日，把宽容和仁慈交给了自己，仿佛一个钟摆，被偶然如节日一般的阴影覆盖，太阳和月亮都会如肉体一般消逝，那么，只有永恒的时间在消失的事物之中回响。诗人以简洁的隐喻和沉浮的暗示，把物质世界和心灵世界在时空之中的辩证打造得美轮美奂，扑朔迷离又发人深省。

桃花园记：蜃楼幻史（三首）

◎陈 亮

【作者简介】陈亮，生于 1975 年，山东胶州人。系中国作家协会全委会委员。曾获华文青年诗人奖、李叔同诗歌奖、“中国十大农民诗人”称号、泰山文学奖等。曾入选诗刊社第 30 届青春诗会、鲁迅文学院第 31 届高研班。著有诗集多部。现居北京。

[有人在喊我]

在一个春夜里，我听见有人在喊我
喊了很多遍，声音古老而又亲切

从小我就牢牢记着母亲的话
“桃花开的时候，晚上有人喊你，
千万不要答应——”
我就用棉花堵上了耳朵，装作没听见

可那声音不是从耳朵传来
而是从心里，从血液里传来的
亲切，慈爱，温暖，让你无法抗拒

喊最后一遍时，我开始
鬼使神差地穿上衣服，叠好被子
用一个包袱包了几件穿的
一点吃喝，披着那件羽毛做的蓑衣
没有和谁打招呼，也没弄出一点动静
就从家里翻墙懵懂飘忽而出

那声音先是引着我在桃花园里
迷迷糊糊地转悠了几个时辰
摸遍了熟悉的每一个角落
身上和脸上印满桃花的各种印记

那声音后来又引着我误上了一列火车
先是穿越过好多的黑洞，突然
就来到了一个陌生的世界

我有个桃核刻的“锁”，出生时就在脖颈上
十多年了，竟生出玉的光
外走的路上遇见岔路口就会剧烈颤动

[布谷，布谷]

时常会听见一只鸟，在耳边
“布谷，布谷——”笃定地叫着
声音不急不慢，却极有穿透力
有时在深夜，有时在黎明前
有时就在白天的某一刻——
声音很像小时候手心里放飞的那一只

我很奇怪距离桃花园这么远的地方
还会有老家的鸟出现
“布谷——布谷——布谷——”
它让我的梦开始辽阔
让流浪的日子开始趋于安宁

有时我在巢屋里，在它鸣叫的间隙
忍不住学着它的声音
“布谷——布谷——”地叫起来
起初，我感觉它是迟疑的
最后，它似乎已听出我的善意
就相合着鸣叫起来
“布谷——布谷——”
我们通过鸣叫传达着各自的情绪

有一天，我忍不住悄悄打开了窗子
顺着鸣声偷偷向外窥视
除了一轮含混长毛的月亮
什么也没有发现，我又在周围仔细探寻
却怎么也没有找到它

当我开始沮丧的时候
“布谷——布谷——”的声音
又笃定地响了起来，亲切
而又熟悉，却始终弄不清到底来自哪里

[桃木雕]

我醒来的时候，世界是白色的
白墙，白床，白椅，白被褥
人也是白衣白帽，我吓坏了
以为自己死了，我首先想到的是母亲
那个每天会在黄昏的土岗上
一遍遍喊我回家的单薄身影

直到那个熟悉的记者出现在面前
她向我道歉，让那么多人产生误会
最后，她将我送到了她的舅舅
一个古怪的木雕老艺人那里
“舅舅”脸如斧凿、手骨粗大、言语怪诞
他的白胡子很像卖后悔药的老人

那里是个奇异的木制世界
天窗的高处竟然悬挂着一对木头雕成的
巨大翅膀，是我唯一不能碰触的东西

——而我却独对那些桃木着迷
那些桃木让我的手发痒
让我的七经八脉开始通畅起来
终于有一天，我将它们刻成各种物件
并在每一个物件隐秘处
偷偷刻上微小的“鸟人”头像
惶惑的是，这些物件竟逐渐风靡开来

每当深夜想家的时候
我就开始在一块粗陋的桃木上
根据回忆雕刻一个叫作“桃花园”的摆件
它几乎是桃花园的缩影
每刻一刀，仿佛有光从刻痕间迸射而出——

刻成后，我把它放在床头
每天抚摸数遍才能入眠
这个摆件最终被经纪人相中
在拍卖会上竟然拍出了百万高价
而我却开始夜夜失眠，失魂落魄——

想象与理解（组诗）

◎梅依然

【作者简介】梅依然，四川遂宁人，现居重庆。中国作协会员、重庆文学院签约作家。著有诗集《女人的声音》《蜜蜂的秘密生活》等。曾获《诗选刊》中国年度先锋诗歌奖、《现代青年》年度最佳青年诗人奖等，入选重庆市首批“巴渝新秀”青年文艺人才。

[比喻]

我总是携带着一个药瓶
里面装着两片药
一片是太阳
一片是月亮
每一天
我都吞吃它们
这是世界上最好的治疗苦痛的良药

它们缓缓升起
又慢慢在原野的水杯中溶解
直到消失
我跟随它们升起，又降落
那柠檬的、水银的光
像父亲和母亲的爱
始终照看着我
并带着我消失——
死亡每一天都会降临

[消失的词语]

我一直用多数时间
来做“我在这里”的游戏
其余的时间
需要我去追问
路过的流浪者
挂着“何时结束”的门牌
他们的肉体是生活的最后地址
而我声音的回响
在我无法到达的地方
更多的时间里
没有谁在那里回应
它们都是已经消失的事物

[摇篮曲]

夜晚如飞机降落
只有一条跑道能够容纳
我们的分量
只有一种震颤的音响回荡
死亡足够
四条长长的门廊
隔音效果良好
光线调到瞳孔的背面
我们如何寻找
一只钟摆
被节日般隆重的阴影覆盖
歌唱——
嘴唇并不急于歌唱
它重重地落在
另一个肉体之上
抱着你
就像与自己重逢拥抱

[小 镇]

天空下沉
空气沿着黄昏的线路铺设
河流带着上升的欲望
坠入河床的绿色之梦中
列车仿佛一粒空弹壳
被推进等待未知的熔炉
时间在长长的站台一点点融化
铁轨的低鸣
被编进田野之书的索引里
雨一直下着时缓时急
爱你的声音
怨恨你的声音
都是一个音调
孤独也只在孤独中闪耀
痛苦到底是什么
没有人会主动告诉我们
它很适合于
一个人去探索完成

面对面

Face to Face

Cao Tang

城市塑造着我们现实命运的具体形态

——关于城市诗和城市诗学

◎谭克修 VS 许道军

许道军：**您曾说过，谈及诗歌的现代性，首先要搞清楚"现代"是一个什么样的"时代"，以及我们跟这个"时代"的关系，其中最重要的问题是我们如何跟这个时代相处，而这个问题又可以转化为，如何与我们置身其中的城市相处。这是一个非常有意思的论断，提供了一个理解"现代性"的新视角，或者说将"现代性"落到了实处，您能具体阐释一下这个观念吗？**

谭克修：使新诗从旧体诗破壳而出的内驱力，是其为应对一个急剧变化的新时代的现代性要求。但时过百年，新诗的现代性并没有取得合法地位。年轻时很西化的九叶派诗人郑敏，晚年写了一篇《世纪末的回顾：汉诗语言变革与中国新诗创作》，完全否定新诗的成就，主张回古诗里去拥抱中国性。持这种观念的诗人不在少数，他们很难对现代性这个外来词汇充分信任，才用了掩耳盗铃这一招。以为耳朵塞满那些古诗意象，这个裹挟着工业化、城市化、商品化、信息化、全球化和普世价值呼啸而过的时代就会自行消失，不会再来按响我们隐藏在都市丛林里的门铃。如果诗歌可以脱离于这个时代的宏阔背景，不理会其对社会、历史、政治、文化现实的回应，能够在语言符号体系内部自行封闭运行，诗人确实可以退回到过去任意年份生活。比如去 1785 年的北京街头，谈论一下乾隆在乾清宫设的"千叟宴"盛况。至于那一年域外发生的世间破事，如瓦特改良的蒸汽机投入使用，美国联邦国会统一了货币，康德在《柏林月刊》发表《答复这个问题："什么是启蒙运动？"》的发酵，可以一概不顾。这样的诗人，多喜欢把诗歌作为社会的对立物，他们塑造的自我，通常是与时代格格不入的局外人形象，比如神汉、自大狂、精神病、现代版的孔乙己等荒腔走板类型。我想，若把这些人群放在现代启蒙运动之前，康德眼里的蒙蔽、无知的人类未成年生存状态班级里，也要属于差等生。

我们所理解的现代性是一种变化的时代意识，涵盖了启蒙运动以来，并持续向未来敞开的所有时代体验。在这全球一体化时代，后殖民时代，纯粹的“中国性”，不受东方影响的“西方性”，已不复存在，一种不断变化的普遍的时代意识，被无条件地植入了受此感染的所有人群。卡夫卡、艾略特描述过的现代性黑暗，已非他们独特的个人经验，成了所有现代人无法甩掉的命运。现代社会的任何人，不需要一谈到现代性，先自我矮化，认为我们的思想受制于西方模式的管辖。需要考虑的是，为应对时代意识的不断变化，如何给现代性增补新的内涵。这种新的内涵，来路难以预测，还要不断对过去进行否定，这增加了补充工作的难度。工作的有效性，就和我们对时代秘密的理解程度有很大关系。这究竟是个怎样的时代？它一直是一头兀自行走的大象。并没有谁真正见过这头大象的样子。每个人都是瞎子，自顾自地摸索着，各自表达着自己摸到的大象的样子。我想，就算每个人摸的都是大象的某器官，而不是摸的自己，或空气，把所有人的经验全部汇集起来，得出的总体形象，未必就是一头大象，而不是一头长颈鹿。所以，从总体上借助城市学家现成的认识是必要的：二十一世纪是属于城市的世纪。这说法带有修辞性，但接近于事实。2015 年，我国城镇化率达到 56.1%。若加上大量滞留在城市里的农村人口，实际数字要高出不少。据西方经验，城市化率会继续加速，跑到 70% 之后才会放缓脚步。除了城市人口的支撑，城市的发展也到了新阶段。科学技术的进步，使城市扩张和自我修复能力越来越强，而高技术武器的相互掣肘，则使发生不计后果的城市毁灭性战争的乌云已大致散去，这些都在诱使人类在技术理性引领下谱写超级城市神话。同时，得到工具理性改造的人类，应对大城市越来越复杂的分工和合作的能力越来越强，也反过来作用于时代的变化。城市正在通过它集中的最新物质和文化成果，越来越符合我们需求的规划设计意图，在往更宜居的方向演化。

说这些，不是要诗人调高嗓门，像惠特曼赞颂自由的美国精神那样，为我们的城市唱赞歌。况且，城市如何进化，都会问题丛生。按福柯的意见，康德的理性启蒙运动并不能使人类真正成熟起来，技术对物的影响越来越大，人的自由能力却无根本性增长，今天的人类依然处于未成年状态。而人类对理性的过度推崇，正使他们面临康德预想不到的危机和困境。如新技术在大都市的高度集中和繁荣，也可能把市民往非人性化的方向驱赶，人工智能的发展可能带来新的伦理问题。但这些不是重点，我的重点是要提醒诗人，城市时代的到来已经不可避免。既然我们与城市的相互依赖性都在加强，就需要重新调校一下与城市相处的方式。这种相处方式，体现了我们对不断变化的时代意识的理解程度，也决定了如何给诗歌的现代性增补新的内涵。要说，在诗歌美学的现代性改造方面，如对生命本体意识、语言本体意识的关照，对形式的理解，在诗性意义的生成方式上，当代诗都颇有心得。在处理诗歌与现实世界的关系，对存在的探索，当代诗也显示出了很强的能力。但，问题出在诗人对现实世界本身的认识上，出现了系统性偏差。当社会已从农业时代向城市时代转型，而诗人并没有意识到这种转变的深刻性，诗歌明显跟不上时代(非流行符号意义上的)的整体节奏。我们看到，新世纪的汉语诗歌景观依然在以农业意象为主要构图元素。这种系统性偏差，直接影响到当代诗追问人类存在的线索的有效性和合法性，存在的意义也被悬置起来，这从核心精神上制约着当代汉语诗歌的现代性。所以，在回答杨黎相关问题时，我把现代性做了这种转化。或许，任何限定现代性的做法都有悖于现代精神，损害了现代性概念的无限开放性。之所以大胆把现代性问题做这种具体转向，也是看到了问题的普遍性、迫切性和现实性。

许道军：您在《一份诗会发言》中写道："要在十三亿人的工业社会／修复当代诗歌与自然的关系／得先把诗人从城市驱离，反正他们／在那里生活窘迫，魂不守舍。"城市居，大不易，诗人们"生活窘迫"似乎可以理解，但为何说他们"魂不守舍"，甚至为了"修复当代诗歌与自然的关系"就要将他们从"城市驱离"？您这是在指涉一种什么样的写作现象？

谭克修：工业化和城市化的加速发展，使城市一直处于迅猛扩张之中，给城市带来了各种新问题，这让市民出现何种激烈反应都正常。他们若无意面对现实，一些诗人从时间上返回过去，一些诗人从空间上逃逸到山水田园中去，也是情非得已。从乡土诗的庞大数量来看，同时患上怀乡病的诗人不低于半数。他们或觉得，农村和自然山水才能治疗在城市带来的伤害。问题是，他们确实在城市里受到过那么多伤害，而农村有那么美好吗？这与现实里的情形不太一样。在我老家古同村，只有老人和小孩，成片被抛荒的土地，还愿意留在村里。中青年人，无论男女，都往城市里跑，以滞留的城市越大越光荣。大城市正成为所有人趋之若鹜之地，实现人生价值的首选地，而不是什么羁绊。中世纪有一种流行说法，城市里四处充满了自由的空气。这是对那些逃跑出来的农奴来说的，用它描述今天从各种偏远地区跑到城里来的人也适用。于是，一个颇为有趣的现象出现了：在十三亿人口拥挤的工业时代，祖国山河的姿色已迥异于唐诗宋词里寥寥数千万人口的农耕时代，真正的大自然已不复存在，但在诗歌里，那空心村和荒地，还在充当着人们的精神家园。这归功于多年来抒情诗的教育：向往较少被工业化侵略的农村，代表了朴素、善良、纯洁、自由、美好和高尚的心灵；而城市是恶的、丑陋的、冷酷无情的代名词，向往城市意味着你虚荣、浮华、贪图享受、自甘堕落。城市问题和农村问题似乎在相互作为背景，相互教唆，相互作为矛盾激化因子，在当代汉语诗歌美学上，形成了比现实世界更奇怪的城乡二元对立结构。城市成了抒情诗控诉的对象，一些诗人对城市表现出的情感，依然是十九世纪中叶波德莱尔似的愤世嫉俗。

当年波德莱尔对巴黎的厌烦情绪，没人会理解成诗人的矫情。十九世纪中叶，刚开始发威的资本主义、工业、城市化的力量，使传统的城市结构发生了巨大变化，城市统治力量由之前的精英阶层变成了矿山、工厂和铁路。狄更斯在小说《艰难时世》中，把当时的西方工业城市称为"焦炭城"，一个"机器与高耸烟囱的城镇，烟囱不断吐出烟，永远在那儿缠绕，卷着解不开。它里头有条黑色的运河，还有条带恶臭染料味的紫色河，以及一大堆一大堆建筑，充满窗户，整天嘎嘎作响又抖动不停，蒸汽机的活塞单调地挺上掉下……”当时的欧洲重镇巴黎的情况是，一边遭遇工业和资本的破坏性冲击，一边被日益尖锐的交通问题所困扰，而各种展会带来的大量外地车辆加剧了巴黎的拥堵。1852年，豪斯曼男爵开始进行巴黎大改建工程，大拆大建了十八年，直到波德莱尔死后三年才完成。巴黎那一段混乱和破败的岁月，给波德莱尔这种城市公子哥儿带来的各种不适可想而见，再叠加上他个人命运遭遇的变故，他在1857年出版的《恶之花》里，对巴黎采取何种敌意，都不足为奇。当然，这是我从必然性角度进行的揣测，也不排除波德莱尔在诗歌里的情绪纯属诗人的耍性子。但波德莱尔的这种颓废情绪尤其是反叛精神，成了十九世纪末开始，把“城市”作为其自然发源地陆续登场的各种现代主义的基本姿态。当时的各种现代主义流派，虽然主张不一，但工业机器的肆虐、战争、经济大萧条是主要诱因，使他们发现了世界的“非理性”本质，把城市视为带有某种灾难性质的生存之所。

而城市展示给当代人的，主要是其积极一面，可作旁证的是城市对人口的吸附力空前强大。当某一天，城市化水平到达某个峰值，像某些西方大城市一样，开始出现逆城市化现象，人们不再是节假日驱车到城乡接合部的农家乐，或某油菜花田里，用一种城里人居高临下的消费心理表达出对农村的感情、对自然的眷恋，而是确实已厌倦城市生活，更向往环境得以改善的郊区、小城镇或农村，那么，诗歌里出现大面积的怀乡病，会比较正常。这个基本认识有助于辨识诗人情感的真实性。对城市喜爱也好，爱恨交加也好，孤独也好，茫然失措也好，都正常。但很难想象，那么多惬意地享受着现代城市文明的人，回到诗歌却如此憎恨和厌恶他的城市，只倾心于广大乡村。在他们眼里，城市已成地狱，只有自己是地狱里的无辜者。这让我想起美国电影《生化危机》，城市遍布着恐怖的僵尸，只有诗人是那幸免的人，为人类存活而战。若环境真如此险恶，不如趁时代这头兀自行走的大象，变成城市丛林里的凶悍僵尸，咬断自己的喉管之前，趁早远离它。我觉得，将那些身在曹营心在汉的诗人从城市驱离，让他们的肉体和灵魂一起回老家开垦废弃的荒地，才有可能修复当代诗歌与自然的关系。这才有了我的上述戏谑之诗。

当然，我说的是一般情形。少数诗人对大自然的乡愁并非迷路或矫情，只是被性情驱使。城市里还有并未享受到现代文明带来生活质量的改善，处境困苦的诗人，还有受到城市欺凌的打工诗人，城市之外还有少数真正的农民诗人。他们的写作，对城市或现代文明采取明显的控诉和对抗姿态，也是合适的。只是这类诗作，就算他们自己不陷入煽情俗套，也容易诱使旁人误以为，当代汉语诗歌在处理与社会现实的关系上，还出于某种低俗阶段。何况，确实有不少此类诗歌，由于表现社会现实的意图过于功利，而显得Too young to simple（太年轻太简单）。一些西方媒体近年来对我们打工诗歌过于热情的关注就是例证。这和他们过去三十年来一直对北岛等朦胧诗人的热情，逻辑上是一脉相承的。他们看来，构成当代汉语诗歌地方性知识的，完全靠它在意识形态和诗歌伦理上的表现。他们对当代汉语诗歌内部的真相是置若罔闻的。而在洞悉当代诗歌内部秘密的人士看来，老外们关注的，恰恰是我们应该警惕的问题。他们的关注，反而形成了对当代汉语诗歌真相的遮蔽。所以，在写作中建立了自信的诗人，已不怎么相信来自现代性发源地的意见。虽然他们率先启动了现代性按钮，但当现代性黑暗或光辉已成为人类集体命运，他们体内没有流着我们的血液，没人替代我们生活在这片土地上，无法体会我们身上发生的一切，自然也无力裁决汉语诗歌的现代性问题。时至今日，汉语诗歌现代性的合法性只能靠我们自己，一些率先在自己和脚下土地之间建立起语法关系的诗人来完成。

许道军：**您的《旧货市场》《福元西路》《洪山公园组曲》《万国城》等诗歌序列直接以城市为表现对象，无论是标题还是内容都透露出强烈的“城市”气息（也可以说是“时代气息”）。当代诗人，也曾经有人尝试过这种成系列的书写方式，你和之前这种类型写作主要的区别在哪里？有细心的研究者发现，您诗歌中“城市”与“故乡”（具体指的是“隆回”和“古同村”），在情感天平上几乎处于相同的重量刻度，在大面积“乡愁”的今天，这种现象非常少见，请问这是出自您的诗学理想，还是出自您自然而然的生活感知？**

谭克修：曾有人把城市拆解成带有标志性的各种符号，如广场、立交桥、银行、博物馆、咖啡馆等，或把镜头对准城市特征明显的人物脸谱，来写命题作文似的“城市诗”。由那些诗作塑造出的诗人形象，似乎并非真正的城里人，而是游客，表现出的是对城市的新鲜感、陌生感。他若写广场，主要是作为一个他者在观察广场，广场是主体，是一切。他没有将自己投放到广场，所以广场上什么也没有发生，除了诗人的想象和修辞在风中飘。这样的城市诗人，似乎从没有真正进入城市内部，城市也没有进入他的生活。我们可以把这类诗归入传统的咏物诗。只是这里的物（或人），抽取的是诗人眼里的城市关键词，因为它们带有明显的城市气息。我从没有认真写过它们，它们只是我每天面对的普通事物。它们在我诗歌里的角色，相当于自拍照里的背景。当然，没有背景，我也不会存在。

《旧货市场》《福元西路》《洪山公园组曲》，都属于《万国城》里的诗。你不提醒，我不觉得它们有强烈的“城市”气息。不止一个朋友问过我，万国城究竟是我居住小区的名字，还是一个精神上的乌有之乡？应该说都是。但我更愿意把万国城理解为第三空间，如博尔赫斯小说《阿莱夫》里的阿莱夫。阿莱夫位于“我”鄙夷的诗人达内里老家房子地下室某角落里，是包含着世界一切的，空间的一个点。阿莱夫是为了完成达内里那首长诗，必不可少的第三空间。巧的是，万国城也是为了完成我同名诗集必不可少的第三空间。当然，万国城并不是源于博尔赫斯的启发,而是我最近读到他短篇小说《阿莱夫》有所触动，在这里暂时借用的。万国城也可以理解为佛语“一叶一菩提”里的那一片叶子。另外，需要说明一下，《万国城》里出现了很多“我”，未必都是作者本人。明眼人看出，在有些诗篇里，“我”对城市的态度，和我本人的态度是有区别的，有时更像是一个格式化的我，异化的我，矛盾的我，或我的同事、邻居。对《万国城》里的“我”之认识，不妨参考巴赫金的作者意识，即意识之意识，是涵盖了主人公意识及其世界的意识，原则上是外位于主人公的。当然，若说诗歌里的“我”确实是某个时刻的我，全部是真实的我，被城市改造后而变得陌生的我，也是说得通的。说到这里，我和他人的差别已经很明显了。

你说到的情感天平问题，应该属于一种自然反应吧。我二十多年前到西安读大学开始，出于自觉，就开始以城里人的视角写作。当年还远远谈不上形成自己的任何诗学。定居长沙若干年后，写《三重奏》时才有一些自己的诗学理想。比如已经意识到，从诗歌发生现场出发，忠实于自己的真实感受，我个人的写作才有机会和文明相遇，和历史相遇。我要写老家古同村，按一个城里人在真实还乡之途的所见所闻所感，明眼人从《还乡日记》题目就可以看出端倪。无论我写《还乡日记》，还是用《海南六日游》写出游，坐标系都是建立在我生活的城市长沙，也有具体的时间烙印。后来写《万国城》，都是直接写诗歌发生的城市现场。情感天平在城乡之间摇摆，应该是我们这群从农村里来的城市新移民身上容易发生的事情。若有人认为它恰好有相同的重量刻度，也正常。情感天平问题，不只是对讨论我个人写作有意义，更有启发的，是诗歌和时代的相关性，即诗歌在我们这代人身上，如何从农业意象转向城市意象的清晰路径。到了我们下一代，从水泥地上长大的一代，农业意象大面积消失才会变得比较正常。

许道军：您关于城市的态度和城市的书写方式，当然是因为您已经“进城”成了“城市人”，但，它们还跟您的社会身份或职业有关系吗？您的《县城规划》似乎明显有这方面的痕迹？

谭克修：“进城”二字加上引号，说出了我们这一类人的病症。那个离开的乡村驻扎在体内，有点像膝盖里的风湿，很难用外力清除干净，总在一些特别的天气里，反复发作。我写《万国城》时，常有一个古同村跳进来捣乱。另一方面，由于对城市陌生，从农村“进城”的城里人，比土生土长的城里人更敏感，更有雄心来书写城市。只是，这种由于陌生而引发的书写也容易出错，写出的可能是城市的幻觉，一个以想象为主的，生硬的城市。对这类写作的社会意义，一般被纳入城乡二元结构视角来解读。我并不想被城乡二元结构捆住。多数时候，我是以模糊的身份来完成的。作品里的我，是那只薛定谔的猫，关在封闭盒子里，生存状态需要辨认者来确定。我见过离谱的辨认者，由于我在 2003 年和 2013 年写过两组《还乡日记》，就把我当成乡土诗人来看，连“还乡”二字的意思都没弄明白。

我对城市的书写方式与其他诗人不一样，已经有朋友追踪到我的职业上来。城市规划职业，确实会影响我关于城市的问题意识。我们花了五千年，只是对城市的演变过程有了局部认识。对城市潜在的能量，城市的未来，还一头雾水。现在我们依然无法谈论城市的本质问题。城市从最开始把人们聚合起来，通过协作和分工，建立起一定的社会秩序，以解决共同的需求，这些积极力量对改造人类和推进人类文明起到了枢纽作用。同时伴随着一些消极力量，围绕城市发生的权力、欲望的失控，利益的失衡，发生的掠夺、罪恶等暗黑系能量，以及把人往非人化方向驱赶的力量，都会以不同形式投射到城市规划项目上来。一些重要的城市规划项目，在给城市注入生命力的同时，也会为其发展埋下隐患。城市规划职业会把一些我发现了、却无力解决的问题收纳起来。但，就算这些问题在大脑皱褶里来回荡秋千，诗歌有义务思考这些问题吗？有人说诗到语言为止，到身体为止，到直觉为止，我是否还有权利把我脑子里那些奇怪而枯燥的事情转化为某种诗性经验，用语言呈现出来？《县城规划》就是抱着试试看的心理完成的。

好在，当代诗已变得更成熟，边界一直在延展，已经能接纳《县城规划》这种带有不少“非诗”因素的诗。它收获了一些夸奖，也收获了一些误解，有人就指称它为观念写作。我不想就这首诗是否为观念写作辩护，想对观念写作提法说几句。一般认为，一首诗更重要的部分，是其观念或逻辑意义之外的诗性意义。这部分是不透明的，只存在于诗人的阅读体验中，美妙难以言表。但这不应该贬低诗性意义里的观念意义，那是一首诗的骨头。其实，谁的写作都需要观念先行。我们对一首诗阐释的部分，主要是其观念意义。他若给人观念写作印象太强，有可能确实是作者的观念大于诗歌，也有可能是阅读者的观念远小于诗歌。《县城规划》是一首只属于我的诗，一次性的诗。它试图以一个县城为样本，说出普遍性的城市问题，从历史和现实意义出发，都有解读空间。它也从城市学角度出发，言说城市内部的结构关系，它在规划一个城市，也在解构一个城市。如果需要“城市诗”这个词的话，这首《县城规划》放在城市诗序列里，是有一定“元诗”意义的。

许道军：您认为城市诗是一种新的题材内容，还是一种新的审美机制，或者说它将来能否生长出一种不同于边塞诗、田园诗，甚至现代主义诗歌等的审美范式？

谭克修：我没见到谁有明确定义或界定城市诗，但不影响人们谈论城市诗。这里面有种心照不宣的默契，把那些较多地呈现了城市物质形态的诗，或带有明显城市题材特色的诗，当城市诗来谈。我想从前面提到的城市意象角度展开谈谈。在我的职业领域，有一本书叫《城市意象》，作者是美国城市规划专家凯文·林奇。他把环境心理学引进城市设计，将城市物质形态研究对象归纳为路径、边界、地区、节点和标志五种元素，它们共同构成城市形体环境意象。这种还算先进的理念，以街道的视觉层次作为城市意象的骨架，提供城市设计的理论和方法。凯文·林奇的城市意象，已经涉及了人与城市的微妙关系。这种关系，也是诗歌写作中需要处理的主要关系。但这种技术设计意义上的城市意象并没有脱离传统的城市符号概念，把它搬进诗歌，会出现较大偏差。那些城市符号虽是城市意象的组成部分，但诗歌里的城市意象，主要是相对于农业意象一词得以确立的。农业意象，指数千年来农业文化心态和“天人合一”哲学思想共同作用下形成的自然物象传统。庄子主张“天地与我并生，万物与我为一”的“天人合一”理念，是我国传统文化精神里最根本的哲学思想，自然被视为是人类的命运共同体，人与自然存在着相互感应的关系。诗人把对自然生命节律的无言意会变成牢固的心灵契约保存下来。从《诗经》《楚辞》，到唐诗宋词元曲，一直到五四新文化运动后的新诗，基本形成了以风土、阳光、星月、雨雪、山水、花木、虫鱼、鸟兽等自然意象密集，对季节更替敏感的美学传统。这一套自然资源与人的心灵感应关系紧密的符号体系，形成了一部以农业意象为主的数千年汉语诗歌史。

汉诗里基于“天人合一”理念的农业意象系统一直很稳定。到今天，农业时代已经大步向城市时代转型，依然拒绝转身，面对已经变化的事实。里面有我们独特的民族文化基因起作用。华夏传统的“天地君臣师”排位，天地排在人前，自然是大于人的，体现了古人朴素的自然崇拜。而西方，基督教世界有另一个结构体系，上帝居上，人类居中，自然居下。人大于自然，自然被认为是上帝对人的馈赠，人对自然的主宰天经地义。这种差别，明显地体现在中西方诗歌意识中《诗经》在描述人和自然的和谐之美时，《荷马史诗》在描述特洛伊战争，那以汪洋大海为背景的自然物象，其意义要在被用来证明人的力量才得以体现。汉语诗歌传统内置了一个自然尺度，西方的诗歌传统里内置的是神圣尺度。从荷马史诗一直到叶芝、艾略特、奥登等现代派大师，他们的诗歌言说里那把神性尺子都在起着重要作用。到二十世纪后半叶，如英国运动派诗学，美国自白派、垮掉派，诗的命名才用世俗尺度部分消解了神性尺度。西方诗歌史，无论以体现人类征服自然为己任的技术理性线索，还是以对抗技术理性的“诗意栖居”线索，由于有神性尺度的统摄，并不会在不同文明时间段形成某种截然的前后断裂。不像我们诗歌传统里由自然物象构成的那一套农业意象系统，与需要重新建立的城市意象系统之间，发生那么激烈的冲突。

建立在自然物象传统之上的农业意象系统，是以人为尺度的，或者说以生命为尺度，具有某种人本意义的有机的美。经过一代代遗传，它们沉积在我们大脑皮层，已成为创作中可以自动唤醒的某种源头性的东西，我们的集体无意识。城市不是以人为本的，它以汽车、火车、飞机、摩天楼，以效率、利益、观念、欲望、权力、科学技术为本，城市意象是以人类文明进程为尺度的。我们在做城市规划时，要不厌其烦地强调以人为本，潜台词是城市发展的非人性化、反人性化倾向问题。这两种尺度之间，有一种反向的牵扯力，形成了结构性的冲突。我们现在要转型，要把农业意象系统那些遥远的记忆或回声从体内抹去，把城市作为新的家园，身体会产生一种本能的排异反应。表面看上去，城市诗与乡土田园诗之间，是题材的差别。但这两种题材之间呈现出一定程度上的取代关系，而非并列关系时，问题就会变得复杂起来。城市诗需要建立一套新的审美机制，它不再适用于之前农业意象的审美惯性，不只是简单地打乱既有的美学秩序问题，而是要从这种秩序的反方向出发，重新确立城市意象的审美秩序。诗人不得不从缺乏传统诗意的城市生活里体验新的诗意，在表达方式上，需要以一种反传统诗意的方式，开掘新的诗意。这种断然的转型方式，必然伴随着血肉的撕裂。对部分诗人来说，这撕裂带来的不只是简单的阵痛问题。他若继续沉醉在辽阔的乡土田园里不转型，还可以身在曹营心在汉地活着。一旦转型，若把之前的乡土诗人杀死，而一个新的城市诗人并未诞生，转型也就成了自己的生死问题。所以，一些诗人是拒绝转型的。少数汉语诗人也尝试在诗歌里内置神性尺度。海子就在神性尺度指引下完全拥抱了农业意象系统，并引领了一大群诗人，从都市丛林返回麦地里，成了汉语诗歌的一大奇观。但这种景象，无非是社会转型期农业意象系统在当代汉语诗歌里的一次集体性的回光返照而已。

对部分城市诗人来说，乡村可能依然活在他的记忆和想象里，那记忆和想象也是诗歌需要的一种现实，能够帮助诗人完成出色的书写。但如果诗的问题主要是生命问题，而生命的意义主要存在于生活体验中，而不在想象中。那么，回到具体生活现场，才是诗更渴望的历险。诗歌也能在呈现出个人日常生活的神圣感时，找到它最为需要的历史意识和当代性。对另一些诗人来说，城市的繁华、物质和感官刺激，城市的光怪陆离带来的震惊，也会呼应着诗歌需要的内在情感节奏，为这农业意象形成的诗歌史写出有新鲜感的城市诗。二十世纪八十年代，上海几位年轻大学生诗人就从观念上把城市作为新事物来书写，而成立了“城市诗派”。但对今天生活在城里的多数诗人来说，城市不只是新鲜的写作题材，而是要用来收纳他全部的生活。城市已是诗人每天面对的最主要的现实，塑造着我们遭遇的现实命运的具体形态。

我所理解的城市诗，在乎的不再是写了它的什么，而是怎么去写它。这里的“怎么写”要区别于我们平常谈论的“怎么写”，重心不在于诗歌的生成过程，不在于诗歌的形式及其与当代诗歌整体语境的关联度问题，而关注他怎么认识城市，他是否将身体从广阔的乡野转身，认真面对城市这个盛满他的生活的器皿。在这个基础上，当代诗才能进而思考另一些问题，比如在新的现实关系中存在的线索及其有效性问题，在城市意象系统里的语言新的可能性问题等。我想，他若已经在认真面对城市这头“怪兽”，对城市空间也会有深切领会，对城市的态度问题，一般不会再是那种简单粗暴的反抗，或上海城市诗派青年们表现出的新鲜感。当然，如果他体验之后，依然对城市充满厌恶和憎恨，情绪真实而又无法逃避，诗歌如何表现都是合法的，这已和心态成熟与否无多大关系。就像那些夫妻，貌合神离同样是现实，不是说非得相敬如宾、如漆似胶的夫妻才合法。但今天我们还在把城市诗作为一个新鲜话题来谈，被我们从题材角度，用来与古代的边塞诗、山水田园诗来类比，显见我们并没有意识到，城市诗会超越题材内容，从根本上动摇汉语诗歌的传统审美机制，而且会摸索到生命源头、灵魂深处去影响诗性经验的成色。我期待城市化高度发达后的某一天，城市给的新鲜感还不如农村，城市意象将普遍取代农业意象，成为新的源头，或另一个源头，成为我们新的集体无意识。那一天，我们将不再需要把城市诗作为一个郑重其事的话题来谈论。

许道军：您近年倡导的“地方性写作”引起很大的反响，但是这种强调“差异”与“个性”的“地方性”与正在趋同的城市面貌、城市生活似乎相矛盾，您觉得应如何处理好“地方性写作”和“城市诗”写作的关系？

谭克修：在《看不见的城市》里，旅行者马可·波罗给忽必烈大汗讲述了各种匪夷所思的城市：记忆的城市、符号的城市、轻盈的城市、贸易的城市、死亡的城市、连绵的城市、隐蔽的城市等。那些不可能存在的城市是作者卡尔维诺用来和自己讨论现代城市某些本质问题时想象出来的。它们没有明显时间刻度，可能是十三世纪的城市，也可能是现在的城市，或未来的城市。那么，关于城市，我们究竟了解多少？别以为宣传片或朋友圈里的城市是我们的城市。我们看到的城市面孔不过是统治者的欲望、设计者的逻辑或想象的面具。卡尔维诺像发布现代车展上的概念车那样发布着概念城市，那形形色色的城市，可能说的是同一个城市的不同立面、剖面、节点。那些城市不仅是跨时间的，也是跨空间的，它可以是威尼斯，纽约，可以是今天的北京或十三世纪的元大都。卡尔维诺给我们编造了一个城市的迷宫，或迷宫一样的城市，本意是要对城市进行本质意义的思考，反而把我们弄得头昏眼花。

既然没有谁见过城市的本来面目，城市依然是抽象的，不妨借用海德格尔看待西方史的方法，将城市分为技术世界和艺术世界。技术世界的工程师由城市规划师、建筑师、市政工程师以及管理者和公众组成，他们按人类的物质需求，让城市从某个隐蔽之处显身出来，穿上最新的技术，供我们使用和炫耀。城市在凸显其使用功能的同时，让我们看到了城市的面具。但我得提醒，它们都是失败的作品，所谓的理性建设是不存在的。理想的城市从来没有在任何地方出现过，一直处于遮蔽状态。如果说，关于城市，存在着有某种普遍的真理，那就是变化。这真理随着科学技术的进步、生活方式的改变、观念的更新，表现出新的特征。这些新特征加入过去所有时间的痕迹里，一起塑造着城市的面孔。比方说，过去的城市，主要是维护统治阶级的利益，现代城市已经有了进化，需要考虑公众利益最大化原则。它的建筑美学也需要建立在被更多人接受的基础之上。全球化背景下,小城市喜欢跟风模仿大城市，大城市模仿更大的城市，模仿国际大都市，谁的城市规模大、著名、富有，谁的文化就有优越感。我们看到大广场、宽马路在小县城里也比比皆是，国际主义和欧陆风情建筑在地球村遍地开花，强势文化在加速完成对弱势文化的殖民。这种世俗的审美标准的形成，部分是城市领导者的意志，更主要是广大市民用货币对房产项目民主投票的结果，也是当代文明的一部分。在现代社会，城市的个性已经顶不住文明尺度的碾压，资本的力量是其中决定性的力量。这应该是你说到的,所有城市的面貌在趋同的内在原因。当然,有城市管理者已经意识到这个问题，制定出具体的城市规划技术规定，对历史地段、历史建筑给予保护,对建筑色彩、风格进行规定。这些一刀切的做法未必能优化城市的空间形象，而不是进一步抹杀城市空间的多样性和丰富性。

但这些问题的存在，对我们的诗性体验来说，不会成为主要的干扰因素。城市的技术世界，没能凸显其存在的意义，还有另外的人，比如诗人，会在城市的艺术世界谋一工程师或中介职位，用自己的生命和语言的触角，去探索城市更隐蔽的藏身之处。诗人无法像技术世界的工程师那样，将城市从隐蔽之处显身出来，而是将自己和语言一起留在了那隐蔽之处。诗人虽是城市的隐身人，但他的隐身却昭示了生命、语言和城市的存在线索。所以，内行诗人写城市诗，不会迷失于对城市面具的描绘，而是用语言将城市的公共面具击碎，重建一个自己的城市，那就是属于艺术世界的城市。城市的本质部分应该存在于由技术世界和艺术世界之间形成的张力之中。虽然每个工程师的工作，每个诗人的写作，都成为探索城市本质的工作，但它并不能单独剥离出来，只存在于人的诗性体验之中，且只向那些能领悟到这隐蔽诗性意义的少数人敞开。坚持地方性写作的诗人，就是可能领悟到、感受到这种诗性意义，并能用语言使之敞开的少数人。

为了让问题有针对性，先抛开地方性写作在城市趋同化背景下具有的延续地方文化生命的使命意义这种宏大的抱负，从其具体的诗学维度入手。地方性写作强调要从“这里”出发，在写作之前建立精确的时空坐标系。时间坐标可以建立在记忆、现实时间或柏格森的“深度时间”上。空间坐标，需要精确到某个城市，有时需要精确到某街道、某小区、某间房子，甚至于某张床、某把椅子。他需要先找到自己的位置，像钉子一样深深钉进特定的时空坐标系里，才有可能成为一个精通武学的绝世高手，感受到这个坐标里所有事物的细微变化。他将只“爱”（或恨，或爱恨纠缠，或不爱不恨等）自己脚下的土地和土地上生长出来的文化，用诗歌建立起自己与这块土地的语法关系。这日渐趋同的城市空间，由于有像钉子一样的地方主义诗人注入自己的生命体验，将变得迥异于它出现在照片里的公共空间形态，而成为带有诗性意义的场所。这城市公共空间，将成为属于诗人自己的世界，让他找到归宿感、安全感，以将自己安顿下来，并具有了特殊的场所精神。同时，这场所精神也安顿了另外一些找不到灵魂归宿的同道。所以，即便诗人与其他市民一样生活，坐同样的地铁、公交，过同样的街道，呼吸同样的广告，但他们见到的却是完全不同的城市。可以说，城市空间再如何趋同，由于有了地方主义诗人对具体环境的场所精神的发掘，对人和城市的关系的深刻理解，用“个我方言”探测到城市的本质和存在的线索，就有机会把同质化的城市空间变成多样化、复杂化、异质化的谜一样的空间，把碎片化的空间重新缝合成一个完整的世界。至此，我们才能发觉，人的本质、诗的本质和城市的本质，实际上处于某种一损俱损、一荣俱荣的复杂关系中，它们相互遮蔽，又相互敞开。

许道军：有人说，城市诞生了现代主义，城市诗就是现代主义诗歌；也有人说城市是今天最大的现实，因而城市诗恰恰就是现实主义诗歌，您怎么看这个问题？或者说城市诗应该如何处理好现代主义与现实主义的关系？

谭克修：现实主义是十九世纪初为取代浪漫主义而出现的文学思潮，也可以说它主要是作为浪漫主义的胞弟出现的，是对龙凤双胞胎，脱胎于席勒写于1795年的文章：《素朴的诗和感伤的诗》。据歌德介绍，席勒这篇文章的产生源于他们两人之间的争执。歌德主张诗要遵循从客观世界出发的原则，而席勒则主张诗要从主观出发去创作。素朴的诗和感伤的诗分别对应了我们今天谈论的现实主义和浪漫主义。后来的理论家从社会背景出发，分析了这两种文学思潮出现的必然性，但应该说，除了作为文学批评术语的命名，它们算不上什么新事物，不过是对从古到今的西方文艺发展中两种基本美学倾向的总结。这两个术语引进国内后，我们也把它们追溯到了古代文学：屈原、李白被放入浪漫主义诗人篮子，杜甫、白居易被放入现实主义诗人篮子。现实主义的要义是，客观真实地再现社会现实。但这种理论含义风行了数十年之后，被认为在表现复杂生活经验和内心体验的审美要求方面无法满足现代人需求，而被现代主义思潮夺走了主流话语权力。现代主义将城市作为自然发源地，以反叛作为理论标签，主张表现非理性的“诚实的意识”，而与之前的现实主义划清界限。但这界限真的能划清吗？后来的情况表明，现实主义并没有被更新潮的现代主义取代，两者之间，有许多分叉，也有无数的咬合和交融。到二十世纪六十年代，法国理论家罗杰·加洛蒂认为，当传统的现实主义主张，无力解说现代意义上的文学艺术形态时，应该扩大现实主义的定义，赋予现实主义以新的尺度。也就是说，现实主义的含义可以在自己允许的范围内无限扩张，他提出了“无边的现实主义”。

我们一直在谈诗歌的现代性问题，而不是现代主义，是因为，现代主义通常被当成了西方文学二十世纪上半叶那一段带有特殊时代烙印的文学现象。现实主义虽然更早出场，但一直在被完善，尤其被罗杰·加洛蒂赋予了新的尺度之后，又焕发出新的生命力。按他的观点，已经没有非现实主义的艺术。其实，在人们眼里早被现实主义取代的浪漫主义，也从来没有退过场，只是在不断变换面具表演。在哈罗德·布鲁姆看来，现代主义大师艾略特，玄学派诗人史蒂文森，其实也是隐秘的浪漫主义诗人。奥克塔维奥·帕斯也认为，浪漫主义所有的诗歌、情爱与形而上学的伟大主题都被超现实主义者接了过来，并使其达到极至。所以，当罗杰·加洛蒂说，已没有非现实主义的艺术时，我很想说，谈到诗歌艺术，从来就没有非浪漫主义的诗歌。尤其在今天，这无边的现实中，还坚持百无一用的诗歌写作的人，无论其诗歌以怎样现实的面孔出现，他骨子里的填充物都是浪漫主义理想。不妨说，所有诗人都是浪漫主义诗人。当然，我们在诗歌写作中需要坚决剔除的，是矫饰和浮夸等传统的浪漫主义诗歌表现手法。今天，对一个心智成熟的诗人来说，在诗歌美学上，不应该再持有简单的进化论思维，非此即彼的美学流派思想。我提出的地方主义诗学，骨子里也反对各种停留在狭隘的诗歌美学意义上的流派标签，而让诗歌回到与人、现实、语言的关系中去，回到存在的线索上去。至于他在诗歌中具体用何种表现手法，并不重要。虽然，如你所说，城市诞生了现代主义，城市是今天最大的现实，但并不意味着，我们谈论城市诗，需要在狭义的诗歌表现手法上浪费太多口舌。

[作者简介]谭克修，1971 年生于湖南省隆回县古同村，1995 年毕业于西安建筑科技大学。二十世纪八十年代末开始写诗。作品曾获过首届昌耀诗歌奖、十月诗歌奖、中国年度诗歌奖等。著有诗集《三重奏》，2013 年开始创作诗集《万国城》，并发起地方主义诗歌运动。现居长沙。

[作者简介]许道军，上海大学中文系副主任，《中国创意写作研究》主编，著有(含合著)《创意写作》、《故事工坊》、《作为学术科目的创意写作研究》(译著)等多部，发表诗歌、随笔等作品若干。

诗歌地理

Geography Of Poetry

"成都国际诗歌周 · 为成都写诗"作品小辑

芙蓉

安然

它们拒绝焰火和孤独，在成都平原
抖动明艳之心。叶柄干涩，花萼持续凋落
谁有隐秘的心事在风中独白
蒴果滚动柔软的核，在无尽的黄昏里
在府城河流动的星辰和倒影里
我们一次次梳理骨中的芒刺
像整理旧时的火苗
寒鸦飞向高空，是谁
在一遍遍领受凛冬的教诲
是谁在不止地歌唱，芙蓉绝小的斑块

诗·火·雨

白鹤林

九月的某天或某个夜晚，
我们在学校读诗，在草堂读诗，
在恢宏的音乐厅读诗，在僻静的一隅读诗。
或只是聆听。

倾心于汉语、日语和印度语的舞蹈，
英语、德语和葡萄牙语的舞蹈。
或变成双语的呢喃。

雨从古老如太阳神鸟的黄金的天空飘落，
击打在我们心中那一簇深沉的火焰上。
但并未熄灭，而是愈加旺盛，
就像我们共同守望的母语。
或一首凄冷又热烈的秋风歌。

由一百个杜甫共同写成，
献给一座无人入眠的城市——成都。

在成都杜甫草堂读诗

包苞

时间中有花径，
寒风中，
有耳朵。

一首忐忑的诗，
有微疼。

旷世如孤旅，
浣花溪畔
多翠竹。
我就把这满脸羞红的诗句，
读与它们听。

读一句，
悬在头顶的雪，
就落下来一些，
再读，
雪会大起来，

直到这茫茫人世，
只剩一座草堂，
就容我

深鞠一躬，
为一首茫然的诗，
画一个
谦卑的句号。

儒雅

车延高

在大脑之外摇鹅毛扇，儒雅
浮于面部
杀机，藏进最白的骨节

计谋埋下伏笔
怂恿丢失的街亭拔剑
人心向背时，寒光削铁
不怕几根冷剑截断帅旗

风，让它自由地吹
心，可以背叛
令箭掷地就是三军将士的血誓

军中无戏言，马谡
你可以闭目了，我用一抹泪祭奠你
只有取了你的首级，权威
才能稳坐帅位

你可以不服，在阴间恶毒地咒我
事实已经铸成

三顾相询天下计
两朝难赢百姓心
出师未捷身先死的是你
长使英雄泪满襟的是我

成都居（外一首）

程川

从沙湾到出版大厦，常常准备三十分钟
一半融入人海，一半剥离人海
常常失眠，为一首诗里生活，锁着，像沉默的鹅卵石
公交车上摇摇晃晃的碰撞
像残败的贫民窟，一本书择出去的错别字
借朱笔勾勒自己的生死簿，并索命
像瓦罐里的中药，为借记卡里的数字，文火熬着，
诗歌里的几行肋骨

[武侯祠断章]

万世流芳的功勋被牌匾和黄巾码成一排
依次罗列：桃园结义，黄承彦踏雪咏梅图，将星陨落
院内：旱莲一株，古柏数颗，游人若干
叫卖声紧贴蜀国的羽扇、战车，以及那把断弦之琴

灯枯油尽时，有人趁机拔下续命的灯芯
他们坚信起死回生的命运，历经千年的膜拜
就像高悬的启明星一样烨烨生辉
或许对于那些无路可走的人，黑夜，本就是一条通往
黎明的捷径

在城市规划馆，想起二峨山

高亮

在成都平原以东的龙泉山脉上
一座山曾带给我持久的慰藉

我至今还记得父亲说过的:
只要站在那座山的顶部
就能望见我和我们的家乡
多少年，我都深信不疑
但我们谁也没有料到，未来会有
两条隧道，会有各式各样的车
呼啦啦从这头穿到那头
再用不着迂回上去，又盘旋着下来
也再用不着我的父亲
反复出现在我的梦境中
气喘吁吁地站在那山顶上凝望
像秋天的枫叶，隐忍
也不由得慢慢变红……

致成都

见君

一

时间在思考，
钟表，伸出它的一只手。

成都，城市上空，
眼睛在发芽，在巡视万事万物。

我的告白，
是所有的长长的街道，
和街道两边的灯火通明。

二

成都，九月，
所有的树，都在长自己的皮;
鸟刚刚下蛋;
一块巨大的青苔醒过来，
回想着刚才做过的梦。

秋天，带领着空荡荡的，
数不清的木头船，划过澄明。

三

慢下来，脚步声开出的花，
像镜子的心。
走出咖啡屋的情侣，
带着爱情的金子和盐巴。

宽袍大袖的寂静，
舞台中央的细雨，下个不停，
所有的观众都闭上了眼。

在大慈寺叫上一杯盖碗茶

蓝晓

从太古里到大慈寺
只要轻轻地一个转身
就可以躲在清静里

在这里，绣球花、月季、曼陀罗
银杏、紫薇都安静地生长开放
香火安静，人们的目光也从容安静

独自在“欢喜自在”的小院叫上一杯盖碗茶

凝神杯中茶叶轻轻地接纳水的滋养
然后舒展，然后开放

热气从杯中升起
从低到高流动到寺院的檐角
弥散在空气里

茶色碧绿澄澈
目光从中穿越
隐隐见到寺院一千六百多年的历史

殿宇威严，慈悲长成智慧
玄奘、英干、唐玄宗的故事让寺院多了些温度
杯盖与杯沿的触碰声惊醒我的目光
轻轻地端起杯子，茶的清香缓缓流进我的鼻息

去杜甫草堂

李明政

浣花溪畔的一群孩童
抱了几根茅草
嬉戏中消失于唐朝

等他们回来
足足等了 1200 多年
这帮让诗圣怄气的孩子
已经长大成虎背熊腰的地产商人

杜甫还住在为秋风所破的茅屋
他的神韵固定在一座青铜雕像上

2006 年 9 月 17 日我和老七
接待北京来的琳达和傅敏
当我们说起
草堂茶园嘎吱嘎吱的竹椅
越过头顶飞流直下三千尺的盖碗茶
还有编了号的参天楠木
不用编号的茂林修竹
加上她们的嘴馋死成都小吃
她们的脸爱死成都生锈的天空

她们吵着一定要去草堂喝茶
虽然残酷的秋风
将她们完整背诵的杜诗
吹得七零八落
虽然我们四人只有二人会
三个人玩的“斗地主”
她们吵着一定要去草堂喝茶
去就去呗
从青羊宫过陈麻婆豆腐店
不到苏坡桥就到了
事情恰恰不是这样简单
走到清江东路
我们就迷失在地产商开发的一个个楼盘
问了无数个保安
像是故意走错路一样
我们的车始终围着草堂兜圈
一丛丛钢筋混凝土的花朵
围着一间茅屋盛大开盘
一辆辆五颜六色的汽车
绕着老杜的诗歌旋转

来到草堂大门，我们一起决定
将所见楼盘告诉诗圣
说我们见到了
他在公元 761 年秋天
在那个凄风苦雨的秋夜
祈望的“广厦”与“欢颜”

"浣花苑、浣花新城、春天花园……
紫藤花园、天邑花园、龙景花园……
清江雅居、流水山庄、康河郦景……
水木光华、天合·凯旋城……
杜甫花园……"

在杜甫草堂前

李南

多年前，我一个人来到草堂
喜欢在竹林中小坐一会儿。
那时草堂简陋
游人稀少，只听见细雨低低交谈。
我想起诗人凄惶的一生
现实主义烛照着后代。

而今草堂修葺一新，豪华气派
在秋风中巍然屹立
如织的游人中我们朗读诗歌
林中的飞鸟也探头探脑
花团簇拥着锦绣
我们甚至来不及向伟大的诗人道别。

在玉林北路

李永才

在玉林北路，所谓的时光
像格窗一样暗淡
我用几多蔷薇，问候秋风
问候一个幼稚园——
等待孩子的母亲。如果夜色
是一个天真的孩子
我愿意陪他，再年轻一次

我的耳朵，不自觉地伸进了
时间的乐谱
忽略一切敞亮的空间
像一只夜莺，在内心颓废
我似乎忘记了
这些，人类的声音

像万物的快乐
在市井流淌。从锦江秘密的水道
流过一片落叶的伦理
窄小的巷子，灰暗的墙
除了音乐和咖啡，再没有堪称
苦难的东西

有这些就够了
陈旧的椅子上，挤满了
黑色的语言
拂去那些，音符一样的尘埃
我愿与一只矫情的白猫
共享孤独

一个穿过琴声的人
是最无奈的，比如一只苹果

落入一个巨大的口袋
在秋天和水果之间
一切闪光的东西
都被一阵凉风，消耗殆尽

杜甫

李元胜

一

笔架山前的杜甫
草堂门外的杜甫
夔州江边背手而立的杜甫
就像三个月亮

我来到巩义
成都或者重庆
一个人的身体
拖着三个影子

二

中原大地
以它满载的死亡
创造一个渺小的生

在同一个沙漏里
死亡如头上的悬湖

而他
最终成为一个诗人
昂首和虚无对峙
这一对峙
就是漫漫千年

三

从巩义出发
经长安、蓉城、夔州

在这阴郁的大地上辗转
每个旅次
他都认领了一条苦涩的河流

四

汉语
也在跟着一位诗人辗转

那些在旅途中
犹豫着
最终又落下的词
身后有千尺之潭

五

大地
在它自己的伤口中
裸露着

人类
在一个孩子哭泣的眼睛里
裸露着

我和你
在杜甫的诗篇里裸露着

六

一个人

心里没有荒凉之所
那才是真的荒凉

唯有荒凉
能让一个诗人的工作
不再徒有其名

七

沿着官道
成排的树都笔直地向着长安

还好有遗忘
能让人保留起码的矜持

一株野樱花
像一位被遗忘了的诗人
独自拥有这无边的旷野

八

暮归的人
其实他知道已不能归
万物在他的沉默中正在枯萎

他想起曾经少年
那时世界并无深意
它只是很美

九

民间的天空
如茅房之顶
总有茅房为秋风所破的时候

杜甫是贫穷的
又一次
他穷得只剩下了天上的月亮

照耀苍生的月亮
在这一刻也是贫困的
大地无边
它只照亮了杜甫

十

他的诗
像阅世太久的人
自带秋意

一个岳阳姑娘正朗声读着
春天怀抱着
无边落木萧萧下的秋意
不尽长江滚滚来的秋意

一只巨大的钟表里
古老的秋天和崭新的春天
时针和分针
交错而过

在杜甫草堂

——兼致成都

李云

已没有被秋风吹破的草屋
那个草屋不会被秋风所破

在铜像前　该敬酒　焚香　祭菊

可能最不宜做的事是吟诗
我恰恰诵读的是自己这首轻轻飘飘的诗

其实到这里
我是来找一种比青铜还要高贵的金属
从一卷一首一句里寻觅
从你窅底眸子和微扬的短须里搜寻
仿佛我找到了　仿佛什么都没找到

我该怎样才能写出有重量的诗呀
冬日里　问子美大师

出院门　朔风紧
疫情的病毒或者还有什么
让我戴上口罩
头不敢回地隐到宽窄巷子里去

我只能是　吃茶去
这些杜甫先生不会知道
这一切与草堂肯定没有关系

成都绿道记

梁尔源

自从汽车吞没一个王国
蓉城的动脉有胆固醇在鼓噪
打通一条输氧的静脉
舒展一个古老的肢体
那收藏已久的两个轮子
幻变成随心所欲的风
两双鞋能催开三角梅
粉红的荷花举着
婴儿车里的慢时光
龙门阵在草地上聊出海阔天空
囚在麻将中的那只鸟
晨曦中发出婉转的鸣叫
茶杯里蒸腾出的雾霭
树丛里过滤出负离子
当天府系上这根绿腰带
我一直在辨认
哪是天上，哪是人间

我的诗歌，能不能染上熊猫的一些习性

刘红立

我看见的熊猫是独居的
即使三两只暂放一园，也各自向隅
我看见的熊猫是酣睡的
偶尔动弹一下，也不过像是放大了
一次夸张的呼吸
我看见的熊猫都是高高在上的，一木
即撑开圆润的梦
——这片森林再也藏不住天敌
我看见的熊猫白毛泛黄黑鬃发灰
一位黄发解说员贴近我说：
现在是上午 10 点，它们不习惯过早梳洗

这位法语专业毕业的姑娘
像一根挥动语言的教鞭
向诗人们披露宝贝的癖嗜
我突发奇想：熊猫是说方言的吗

她莞尔：肯定不懂外语。也应该不会
川陕甘以外的俚语

说到语言
我就想到我的诗歌
从此
能不能染上熊猫的一些习性

在杜甫草堂再读杜甫

刘向东

在杜甫草堂再读杜甫
与在别的地方读有什么不同

在杜甫草堂再读杜甫
读国家不幸诗人之幸

两个黄鹂
一行白鹭

在杜甫草堂再读杜甫
读出他一个人的一个时代

一览众山小
别无他人看见

比起草堂上新生的草
古松古柏不算什么

因为爱，往土里爱
他才是这世上永生之人

诗歌是时间之一种
不老的是诗圣之精神

杜甫草堂

鲁若迪基

一

应该有很多草
火烧后
还能重生
沾点泥
就能活命

应该有间茅屋
诗歌做柱
一颗心
就是最好的火塘

二

那么多诗人
慕名而来
一阵大风
他们变成了纸
一场大雨
又裹成了虫

三

我不敢相信
这里会成为景区
但我确信
那么多门票
也无法堵塞
时光深处的那个漏洞
历史的眼
从那里穿过来
洞见多少人世冷暖
……
我这样想的时候
隐隐听到
一阵剧烈的咳嗽
从一首诗的背后传来

夜成都

吕历

把星空一块一块割下来
嵌在地上，夜成都就是地上的天府
这个美丽一旦说破
仰望星空的人，定会垂下头来
说出内心的秘密：
语言是潜游血中的鱼群
比星辰更难饲养

夜成都，有无数灯火在暗中
钻孔，卯榫，焊接
建设黎明。太阳神鸟最早用鸣叫
开始劳动
寄居工地或亭子间的守夜人
正在梦里存款或赴宴
而梦回古代的人，看见李冰和杜甫
一个在山中筑堰
一个在水边赋诗

晨练者用左边的身体唤醒右边的身体
夜成都在第一班公交车的火花塞上
开始奔跑

藏

弥赛亚

我爱那些多音字
它们各自内部，都藏着
一个隐形人
比方说，一只翘舌音的小鸟
在黄昏飞回巢窠
另外一只沉默不语的乌鸦
就开始沿着府南河遛弯儿
天快黑了，乌鸦飞一飞
快要看不见翅膀了
我年轻时爱的那个人
离开了故乡，在成都定居
口音变得比较奇怪
她的孩子，最近开始学习英语

琵琶伎

彭志强

欢乐被淤泥淹没。
表情被秋风剥落。
你，横抱琵琶
拢，捻，抹，挑……
这些引领一个朝代的手影
最后是王衍弹指即破的梦。

螺髻，云肩，彩衣，罗裙
在永陵石棺之上
偶尔会跟着我的幻想纷飞
潜入浔阳江头那个傍晚，和白居易
细数，大珠小珠掉落玉盘的女子
易容，或转世投胎成不遮面的你。

至今看得见一只手按住了得意，
另一只手在泥水中忘形。
只是没有夕阳，替你完成黄昏。
后来点亮的灯，反而点亮了颓废。
扶柱，按弦，拨弹春宵的你还在
惆怅《霓裳羽衣曲》已失传千年。

如果时间是一把可以回卷的长尺
我想回卷到音乐自由的刻度
着唐装，吟唐诗，让你重返荣光。
如果非要大醉才能让体内的水倒流
我想灌醉天下人
让所有的水回响，让你海阔天空。

成都之晨（外一首）

晴朗李寒

十二月，熹微的晨色中，最先亮起的
是一株株高大的银杏。

三角梅探出栅栏，点点的紫色
像一句句“早安”的问候。

岷江和锦江，它们昼夜不息地吟唱，
多像母亲的爱，从来不会厌倦。

而鸥鹭翩翩飞起，又落下，是数不完的
碎银子，在碧波的丝绸上闪烁。

春熙路，江汉路，醒来了——
一位清洁工疲惫的身影消失在街角。

小吃店热气蒸腾，抄手、米粉、茯苓包
唤醒了肠胃，熟稔的味道让人无法挪步。

卸下一箱箱水果的男人，一根根细心
择净蔬菜的女人，我都想亲切地问候他们一声。

背书包的少年，向马路对面的妈妈挥挥手，
口罩上面的眼神多么清澈。

渐次喧哗的十字路口，像闸门闭合，开启，
释放车辆与行人的音符。

这是十二月，大雪时节的成都，
新的一天走来了，依然那样自信而从容。

[杜 甫]

诗人就应该是这个样子吧——
瘦得像一枚钉子，
锈蚀，略有弯曲。

一枚风剥雨蚀的钉子，
钉不牢大唐颓败的江山，
钉不稳秋风中飘摇的茅屋，
钉不住恶浪激流中的
命运之舟。

一枚钉子
却将一千四百四十五首诗作，
一个字一个字地
深深钉在了文学史上，
无人撼动。

唐朝的大风，一直刮到今天，
吹过你青铜的骨骼，
发出铮铮的空鸣，
那是你感恨忧愤的叹息声。

在文殊院（外一首）

施施然

通体金黄的银杏树消解了
成都冬日的寒意
一种辉煌至半透明的美
陨落时
呈现出鱼鳞翻滚在浪里的形态
这向下加速的变幻
闪着光。足以使人震动

万物皆有秩序
戴红袖箍的守门人，虔诚为
每一位朝拜者测量体温
当我向文殊菩萨祈求智慧
小行星回到火星
与木星之间的轨道

我们终生都在练习平衡
练习在隐身中
脱离光照背后小面积的黑暗

而在木雕飞檐的时间里
李白来过，杜甫来过
薛涛也来过
我要踏在哪一块青砖上才不会
与唐人踏过的重合

[杜甫草堂]

冬日空气收紧了皮肤
红枫和桂花喷吐着颜料

竹林里。诗人在台上读俄语诗
丝绸般的小提琴与鸟鸣和弦

青瓷盖碗的裂隙中，龙井混合茉莉
斜斜地溢出微温香气

毫无疑问，我们正置身
在极致的美中。但

仍不足以阻止

我的身体端然而坐
而魂魄已追随杜工部的身影
到浣花溪外，绕树三匝

在洛带

桑眉

从燃灯寺出来
一边又开始聊凡尘中的事
一边爬懒阳坡
慢慢吞吞
像两只蜗牛

我们把手揣进各自裤袋
爬到坡顶又下到坡谷
在开着迎春花的坡谷走一段
再爬几级陡峭石阶
到达水库

堤坝上有几个人在等风
手里攥着风筝
令我想起东升君
他分明独坐季柳苑
转轴却在他手心嗦嗦转动

泄洪口河床裸露
石头大大小小到处落子
我们随便选一块坐下来
凝眸微笑
供彼此放入未来回忆的棋盘

庚子岁末在杜甫草堂

宋尾

不同国籍的人
在台上朗诵
这个时刻和这特定的地方
诗是一种温柔的抵御
含有一种祈祷
怜悯和痛苦
没有地域和肤色的区分
爱与恐惧是共通的
我从那些诗句里
溜出来
这是我第一次造访草堂
我惊异于诗人的贫厄
被保护得如此完好
越过那些缀满藤蔓的庭院
我很轻易就找到了
曾背诵过的那条花径
跟想象里的不大一样
看起来，它更像一个
精美的旋涡
沿着它往
一处旋转的坡道而上
视野里，这巨大的景观
都是诗人馈赠给城市的遗产
但密林深处
那片微小的凋落才是他的家
我想去看看他
就像走了很远来
拜访一位并不熟悉的朋友
我在想如果他还活着
我会跟他聊些什么
他会给眼前的世界写一首什么样的诗

对这整整一年他的看法又如何
在离它很近的那瞬
我忽然犹豫了
我径直拐头，下坡
我想回到我的朋友当中去
我想回到我的现实里去
回到我们自己的困境里去

谒杜甫草堂

世宾

草木葱茏，主人还未去远
围墙外的汽车声，越来越
近，作为时代的典型情歌
它从未打算把这庭院落下

花丛中的杜拾遗倒是从容
千百年的姿势未曾改变
他胸腔中的千山万壑
依然可以对应扫不清的烟雾

他紧锁的双眉，从唐至今
总是难以舒展：无论哪朝哪代
朝廷昏聩，那就写诗挞伐
于尺寸间，保留笔尖的力度

如若侧耳倾听，在假山、矮墙头
竹林深处，总是一些灰麻雀
叽叽喳喳，它们的存在
仿佛在一再证明：老杜的诗魂
从不因为贫病，而缺席浩荡的江河

去草堂探杜甫

孙思

这是一弯清瘦的月亮
它应该还在少年，当年你来这里
应该是中年

你不现身，不说话
我坐在凉树下，只能一厢情愿地想着
当年的你，也在这里坐过

那个时候，繁华过尽的冷
在你的茅屋前
应该比一场雪更寒

也因此让你的诗
每一个字，都茅草般地清冷和坚定
它们根根如刺，在人间行走

这间茅屋原本很民间
应该登不上大雅，后来因你远扬

如果可以，我想回到当年
你刚来时的样子，茅屋也不冠名
我们坐在茅屋前，把盏问茶
听风怎样穿过树梢，再怎样穿过水面
把一些伤感和忧愁，一起带去远方

如果还可以，我想做你的妹妹
就像苏轼和苏小妹的那种
年少时，我和二兄曾被这样称道
只是二兄对我太严，如果你做我兄
我想是不是可以，温和很多

宾馆谈诗

——写在成都国际诗歌周

唐力

无数的房间
住着无数的词语

有的房间，住着名词
它们稳重、端庄
足不出户，心怀大象

有的房间，住着形容词
它们对镜描摹、修饰
顷刻之间焕然一新

有的房间，住着动词
它们喝酒、谈天
进进出出，房门砰砰作响

有的房间，住着代词
它们熟稔变脸术
以不同的面孔，变幻于你我他之间

有的房间，住着数词、量词
它们相互数着
自己的刻度，让时间延长

有的房间，住着副词
它们喝茶，打盹
双手拢袖，无所事事

有的房间，住着叹词
啊、哎、哦、噢
它们身在江湖，心忧天下

……最后它们一一
从房间里出来

汇成一个沧桑的灵魂，走向草堂……

开车去成都

涂拥

有必要让车先经过龙泉
雾色中打开灯光
照亮绿水青山
这时人会安静，车也开得平稳
听得见成都心跳
如果有一点高原反应很正常
能想成仙境就可以吟诗了
然后驶入隧道，你只需渡过一时
成都却穿越了几千年
才换来张灯结彩
出来后道路平坦，成都扑面而来
细雨恰到好处停下
关掉车灯及雨刮，放下疲惫
安心去逛街或草堂喝茶

香樟树（外一首）

凸凹

在龙泉山，这面向阳的坡上
我遇到一棵制香的人

风从它的身体长出
倒挂的果子，那些透明而智慧的消息
悔青了满山的衷肠

而新嫁娘的那口樟木箱
正在鸟儿的梅雨中
催出隔世的新芽、银钗和药方
古老的宝仓，马蹄飞花，退回到
木、树、叶，退回到郁郁葱葱的天香

登山至此。无问季节当否
不妨从龙的角度去想
看制香的人张开翅膀
一轮湖泊成为上树的鲤鱼。亲爱的
让我送你，日月的互文，望气的镜像

[在天府广场抚摸江河]

旱则引水浸润，雨则杜塞水门。故记曰：水旱从人，不知饥馑，时无荒年，天下谓之“天府”也。——（东晋）常璩《华阳国志》

天府广场
仿佛天府之国微缩版。
周边的十二根文化柱
可视作坚实而疏朗的
国境线。

十二根柱子
有十二个讲究的名字。
且每一根都对应一脉谱系、一块地域。
排在首席的
叫水润天府，对应的是都江堰。

身居第二位的柱子叫和谐天使
具体为一群古老的大熊猫。
第三为天下名城。
第四为古蜀文明。
十二根柱子十二本书。

主事者邀来十二位作者
一人写一根。
我想写水润天府
但派发给我的却是民族花灿。
这成为我今生一大憾事。

已给李冰写了一本小说。
现正写一本诗集。
如果写了那根
命中带水的柱子
就算是完成散文计划了。

但直到今天
这本散文还只是一团
散乱的思绪。
民族花灿已出版十一二年了。
每次到天府广场

都会看看花的柱子
摸摸水的柱子——
我发觉，顺着这根固体的江河
所有的想法
都可通天达地，善润万物而不争。

醉游成都杜甫草堂

王志国

宿醉未消，疑似昨夜旧梦还在酝酿
诗篇里的锦城，为秋风所破的茅屋
因一首诗歌
撑起了多少寒士破碎的梦想

江山动荡，草堂寂寂
在大唐的烽烟里写诗，落笔即为绝句
安史乱，长安痛，百姓苦
一个王朝病入膏肓
天下苍生，谁有片瓦安宁

诗人在颠沛，众生在流离
何处寄放一颗忧愤的心

浣花溪畔，流水落花
自长安而至成都
自安史之乱而至草堂落成
错乱的时空里
诗人以诗歌替江山止痛
成都以草堂安放诗歌

秋风席卷乱世，被吹破的岂止是杜甫的茅屋
被吹凉的还有天下文人的心
只身穿越一个王朝的伤口
是在伤痕里寻路，更是在血泪里呼号
动荡中写下《三吏》《三别》，哪一句不是
　生离死别
哪一篇不是苦难深重的词句在困难中呻吟

而成都浣花溪畔，竹影摇曳
一座草堂，给诗人身心以安宁
以诗寄情，以诗颂赞
成都的意境至今还在他的笔下缠绕
清风明月还在，诗篇佳句永存

人生有多清醒，现实就有多无奈
九载光阴太浅，挽不住历史汹涌的脚步
经嘉州至奉节，一转身
就远去了，诗人匆忙的背影
诗以记之的怅惘，诗意叙写的成都

在历史的烟云和现实的更迭里
留下的诗篇在传颂，逝去的故事已飘散

宿醉的时代，清醒者以痛吻世界
那深入骨髓的书写
有大唐的命数，更有锦城
写不尽的风华

浣花溪的水，涤荡着千年的波纹
宽街窄巷，接续着一座城市的世俗烟火
吹过草堂的风，也曾吹过杜甫沧桑的中年
那在暗夜里被唤醒的每一粒汉字
从笔下起义，在纸上复命
成就了大唐诗篇里的绝句名篇

那被秋风所破的茅屋，补了又补
那吹过唐朝的风
吹灭读书灯再吹花前月
吹过古诗的平仄，也吹动新诗的自由
一如我们笔下被用旧的意象
哪一句不是旧词新用，押了时代的韵
哪一句不是成都
烟火三千年妥帖的补遗……

那一天，在成都……

杨通

一

那一天，我踌躇在车水马龙中，迷失了自己的清风竹影
像一个被丢弃的包裹。我在红星路，等到傍晚
一直没有等来金枝玉叶的眷顾
花非花，开无主。那一刻，整个成都就像一张悲伤的脸

二

然后，我去了芳邻路，温习绿荫深处的旧事。望不透的
是蝉的心。问茶，一杯寂寞深邃，亦不知今夕何夕
阳光，一浪高过一浪，而冷雨紧随其后
你是否还在为承诺驱车前往
一只鸟儿的偶然轻歌，让我的心，不由自主地凉了下来

三

在民土咖啡，我一直说，我不适合成都，即使高朋满座
杯盏旁，缺少了你妩媚的烛光
其孤独在喧嚣之中，是何等的尖锐
我想，当时我如果能够像那根青藤一样随遇而安
我会找一格恰当的窗棂，放下纠结的目光，不再有念想

四

在成都，一天时间，比一生都漫长。日子的尾部已坏死
我的梦尚有余温。风弄乱了我对缘分的热爱
你说抱歉，看不见我离开。而我，早已错过了火车
当晚，我对诗人马嘶说，成都的夜好长！天快亮了吗

蓉城之夜

余真

这是安静的尘世，麻将像火锅一样翻腾
茶水像府河一样温暖着腹腔
白玉兰醉心于开放
月亮是一朵羞答答的芙蓉

树梢、黑夜都有向下深入的可能
树梢拂过水面，黑夜高挑的身影
在水面弹跳着，偶尔被灯光的金箔揭开

那个在旁负手而立的人，她手中的香烟
也有自己的深渊。她看过了无数次月亮
这薄弱又无与伦比的截面

太阳神鸟

远洋

所有的鸟儿都飞向太阳
回荡起金光闪闪的颂歌

所有的草木都抽出花茎
少女般扭动着播放生命的礼赞

让那金的箭矢射落树林中的阴影
让那光的瀑布涤荡尘土里的灵魂

群山匍匐地爬向它呀
大海辗转地渴念着它呀

鸟儿与太阳合二为一
万物与光融为一体

逆着时间高高飞翔
带动整个山河大地

奔向它，奔向它——
那世界上同一的泉源同一的乳头！

黄甲三只羊

赵晓梦

一

终于安静下来。黄甲收起喧嚣，
夜晚安静下来。偌大一个广场，
只有一只羊站在云端，
看羊不是羊，看人不是人。
是羊是人都已不重要，
重要的是谁也无法拒绝，
这满地明晃晃的月光。

月光注视下的小镇，羊都
睡得安稳。时间能篡改大地上的
事物，能复制人的身份证明，
却无法阻止声音的长驱直入，
那本属于诗歌的精神护照，
带着浓淡未干的墨迹，把雀斑
都留在了羊身上，怎么数怎么
模糊。

这黄甲夜晚的一只羊啊，
让走进的异乡人有了失眠的依据，
让起伏的田野浮沉的灯火有了
彼此勾连呼应的生活气息。
回到月光下的羊，头枕草的清香，
不再执着于一时一事，也不再
细数风中走远的神秘消息，
看羊是羊看人是人。它知道，
无数的意外在等着相逢，而
羊的路上，没有同行人。

二

黄甲的清晨从一碗羊肉汤开始。
羊汤搭配白面锅盔，是黄甲人
早饭的标配。故乡有多远，
羊肉汤的温暖就有多远。而羊
内心的尺度，是以年为单位
交换黎明与黄昏。

这些热气腾腾的清晨，注定不会

被羊的伤感吞没。当冬日的
风霜雪雨试图封堵羊的生存空间，
它一转身就进入草的广阔天地。
一个人醉月迷花浪迹天涯，
像一片云在草间飘忽不定。
只有风低头的时候能看到，
它的眼睛里没有泪水。

高低起伏的牧马山上，所有的
痛苦和忧伤，都在炫目的阳光下
漫漶不清。身披泥土和草的光泽，
羊扛得过岁月的磨损，也拾得起
散落一地的霜。在清晨那一缕香醇里，
寻找到内心的慰藉。而羊昂首的
那一声长啸里，透种某种自负。

三

你看到的和我看到的一样
长风吹过两千年的时空
在牧马山的草间回荡
一只羊藏在冬天的身体里
像一截不动声色的接骨木
在杂草中收起嘴唇
张望我们每个人的表情

冬天把寒冷交给荒草，荒草
把体温交给山坡上的一只羊
辽阔的原野，古风吹拂的山冈
即使飞机把山坡的睡眠搞丢
羊也得在草的挽留里走完过场
我们每个人都可能在草的路上
遇到这只羊。一只吃草的羊
缩短了我们和蓝天的距离

麻羊的幸福像青草一样

周占林

站在牧马山顶
一只麻羊眺望成都黄甲
人类的世界，他永远不懂
他只关心风中的那一株株小草
在早晨的阳光下
饱含晶莹剔透的泪水
来感恩大地的恩赐

远处的喧闹与他无关
此刻，他只关心身旁的儿女们
是否自由
他们仅仅就是热爱自由啊
而这一切
却不能阻挡这个秋天的到来

风从身边吹过
他不再考虑遥远的明天
他看到朝阳的火红是如此鲜艳
所有的惧怕
都被牧者的鞭梢甩向远方
做麻羊就要有麻羊的意识
与其无意义地贪婪
不如就像身旁的小草一样
每一片叶子都
心怀善念
向天空绽开菩萨般的笑脸

·外国诗人卷·

成 都

[尼泊尔] 凯沙布 · 西格代尔

身伏龟背
沿着岷江
我穿越回四个世纪以前
目之所及
是随风摇曳的庄稼和硕果
我饮下花蜜
我跳跃欢笑
我在地铁站醒来
警报声起
一路向南
我观赏熊猫
在竹林之中
以神圣的姿态起舞
都江堰
为了这片流域的丰饶
日夜辛劳
市中心的立交桥
带领我们来到了这天府之国
哦！成都
享有天府的美名
我想象着这繁华穿过
麻雀的啁啾
乌龟的足印
我笑了
飞驰在高速公路上
千万张脸孔在眼前模糊

（翻译 / 李锦）

成都圣约

[尼日利亚] 阿约 · 阿尤拉 - 阿迈勒

圣洁的人能看见成都之美
那种圣洁将会是品尝喜乐的宝座
岷江和沱江始终面容平静
在这天府之国，在这富饶之地
悬崖峭壁
黑白分明
正如在美食之都的熊猫靠近竹子的步伐那样
令人心照不宣
为平息欲望，一位艺术家迷失在艺术竞技中
那是在峨眉山上艰苦跋涉时的麻将
来到成都，大获全胜

（翻译 / 李锦）

成都，诗歌之城

[意大利] 巴希尔 · 阿汉

1
在一朵云的庇护之下
成都弥漫着
木兰花蕾散发的
浅紫色的香气
孩子们排着队
在无数红旗飘扬的风中跳舞
亘古不变的历史车辙
不声不响地交织在一起

2
细雨绵绵，柔声轻抚
我们越过一座桥
一轮皎月闪耀
悬挂天边
一只幼小的熊猫
寂寞孤独，郁郁寡欢
面前是一排竹根做的栅栏

3
有一个姑娘，身穿长裙
是天空的颜色
在彩虹下翩翩起舞
身边是一位伟大诗人的雕像
杜甫
她那双杏眼
在街上的过路行人心中发芽
她的胸口有一朵玫瑰
绣在了心底

4
锦里路
将我们吞没
每一堵墙上
都还能听到
清兵的声响
突然之间
时间在龙足边凝固
在那金杯里的
最后几滴茶都被我们细品完毕

（翻译 / 李锦）

晨曲，成都

[瑞典] 本特 · 贝里

熊猫马上就要苏醒
在竹林幽暗处
它们有充裕的时间更衣
在人潮拥入之前
在智能手机和伞具到来之前

纪念品商店里没有
有关弗洛伊德学说的书籍
所以可以尽情
思考
如何
在死者中
成为一个活着的人

我读过一首田原的诗
描绘了死去蝴蝶的脆弱之美
最微不足道的生命是如何
通过我们的双眼
成长并一直能够
在短瞬的记忆之陵中
找到容身之处

温和悦耳的细雨
停了，就像其他那些一样
那些曾经存在过
却又已荡然无存的

（翻译 / 李锦）

重访成都之根

[哥伦比亚]费尔南多·伦东

六千年前青铜人踏足你的领地
怀抱着浪迹天涯的梦想。

你温润原始的风貌有如神谕
让他们预见到未来的丰饶。

在你河岸的沙滩上，手执一根竹棍，
张仪划下你龟形的边界，

从此你便成了李白笔下的
“九天开出一成都”，
在他举杯邀月的诗句中。

从青城山，
流传下来的是清澈之水的灌溉
以及由老子口述给守关的《道德经》的光辉。

你是那位被贬诗人杜甫的容身之所，
让他靠双手搭建起一座黄泥茅草的小屋，
在万里桥西，百花潭北。

他在这里找到了灵魂所向往的平静，
找到了他的归属。
“万里桥西一草堂，百花潭水即沧浪。”

一个寒夜，狂风掀翻了他茅屋顶上的茅草。
他那金子般的心许愿道：
“安得广厦千万间，
大庇天下寒士俱欢颜！风雨不动安如山。”

（翻译 / 李锦）

成都的孩子

[英国]格里·卢斯

那静默之间是什么?
是孩子们的声音

那声音里的静默是什么?
是过往的悠长回音

那声音里的旋律是什么?
是孩子们欢笑声的曲调

那笑声中的方言是什么?
是诗人的诗歌

那诗歌的音色是什么?
是一切美好的歌曲

是谁听见了光的颂歌?
是孩子和诗人

是哪些孩子们在笑?
是那些听得到、唱得出诗歌的孩子

是什么构成了那些悠长回音?
是杜甫的和谐和人性

什么是诗人的人性?
是那些为人类而作的古诗

是谁翻新了这些古诗?
是孩子们。那些孩子们

（翻译 / 李锦）

成都的雨

[德国]侯赛因·哈巴什

在成都
雨水始终保持清醒，从不瞌睡
稻草云一拥而来
阴沉积聚
于高楼之顶
细雨如织
顷刻又如止不住的泪水般一泻而下
但有趣的是
街边的小贩
仍然在叫卖
无家可归的人抱紧了他的小狗
手握一把扇子，色彩斑斓如孔雀羽毛
佛祖谦卑地走出寺庙
迎接属于自己的湿润
绿色的狮子并没有东躲西藏
坐在广场白色大理石柱上的金色大象亦是如此
没有人在意雨水
湿漉漉的生活一路向前
街上无人戴帽
但奇怪的是
有时候
雨水又会卷铺盖走人
就像一个做了傻事的小偷
太阳
突然之间
喜笑颜开，绽放光芒
高悬在蔚蓝天空
以温暖和光明拥抱成都

（翻译 / 李锦）

成 都

[美国]杰克·赫希曼

明显的，这里的每一位本地人
都在中国充满希冀、令人神往
而又焕然一新的治理下
滋生出梦想

以一种刻骨铭心的方式证实着她
那令人钦羡的风姿，为整座城市
增添愉悦的气质
就在此刻，恩典

需要一致的明确，她
那卓越不凡的滋养
确保了具有生命活力的
普世性

（翻译 / 李锦）

成 都

[比利时]杰曼·卓根布鲁特

花朵如此欢快地绽放，
环绕都是翠茵茵
宁静而梦幻
就像熊猫爬树林。

诗歌在语言中回响
一个人能或不能理解。
中国诗歌被吼叫，

在宣告“改变”？

舞蹈和表演很迷人。
但诗人仍然在沉思，
在冥想和怀疑
时间的未来。

（翻译 / 周道模）

成都—节日之后

[澳大利亚] 莱斯 · 威克斯

事实与知识不可共存。
这座城市推翻了这一点。如此繁忙。

前方的道路更加光明
我们被要求
将那耀目误认作真理
尽管事实往往如此。

人的眼睛不愿看到裂缝
而我却被告知那里也有漂亮的字迹。
甚至树木也披着先进的混凝土。

有人向我展示一个未来
虽然孩子们依旧坐立不安
挖着鼻子。司空见惯的。令人安心的。

周日的下午我们都完工了，
那些有目的地的人解散了。
桌面被清理，房间被擦亮。

偏僻街道的深处
一位清洁工的垃圾箱满了。
她得以在阴凉处打盹。

她那竹丝制的扫帚沙沙作响。
荷西认为是空气在喘息
我则认为是空气在叹息。

在这处重要建筑的边上
一个哨兵，站得笔直
宛如一具石膏像。

只不过他要打呵欠。
我猜他是梦见了
那些河岸。

狗儿们挣脱了牵引绳。
又一场关于爱的谈话
鬼佬的眼泪都是荒谬的。

（翻译 / 李锦）

成都诗林颂

[印度] 墨普德

李杜之诗域，
锦缎之原位，
丝绸之路上的纽带，
种茶叶的圣地。

在四条大河流经之地，
建立古城，

世世代代友善来往，
英才将汇聚于诗歌大会。

啊！成都，我为你祝福，
你身上还留着古时候的故事，
你的烹饪带有丰富多彩的味道，
皆聚于新雕饰的情苑之中。

（翻译 / 墨普德、马丹）

写给成都的雨

[土耳其] 希拉勒 · 卡拉汉

1
你冲刷过竹林
却不曾触碰到
时间

2
你渗透了
树叶的毛发
那一片硕大而平静的树叶

3
你用怀抱，
安抚熊猫入睡，
它们在你的呼吸下温暖了
一整夜

4
你的气息让风儿颠倒；
在角落里蹒跚
树叶遇见了它的绿色

5
大地盯着你看
眼睛一眨不眨

如果你发狂，
她将会离开那亘古的家园
将雨滴拦腰抱住

6
“我们生来就应该快乐，
痛苦是最邪恶的罪行”
你总是这样说

天府广场上回荡着
你的笑声

鸟儿啁啾
水流潺潺
如此诱人而又天真
啊雨水轻笑出声……

7
你心情不好的时候，
就去和长江聊聊天，
这最为古老和长久的友谊
已持续了四千五百年

8
你抚摸嘈杂夜晚的脸庞，
那些无家可归之人，闻着烟草和啤酒

马路不敢相信
路灯不敢相信，挤满自行车的人行道也不敢相信：

你的手到底有多微小?

9
“我们仍然在等你”
茉莉花轻声说道
“在你的双唇和味道之间
在你的毛发和气味之间”

但你从来不听，转身就走
挽起一朵云彩的臂膀:

“就当我是一个苦涩的微笑，
当一首歌的副歌已经结束
歌词也已被忘却”

（翻译 / 李锦）

不眠之夜

[丹麦] 辛迪 · 林恩 · 布朗

那噼里啪啦的声响是最美丽的元素
在那一场烟火、服装和喷泉的
绚丽绽放中
两百个孩子齐刷刷地穿上雨衣
准备吟诵一首关于茶的诗歌
街市的光亮从雨伞的缝隙里
巴士的车窗中透出来
穿橙色制服的妇女
清扫掉所有
不该出现的东西
两位上年纪的大叔拉住毯子
好让舞者与舞蹈融为一体
在耳机与我们面前
那噼里啪啦的声响最动人
七岁的小诗人一脸严肃
站在分享第一首诗歌的土耳其诗人前面
一首关于希望的诗歌
一个因为朗诵诗歌而遭到九年牢狱的诗人
而天空
闪耀着温暖和湿润
在高楼与崇山之上
太阳徐徐升起的地方

（翻译 / 李锦）

谒草堂

[英国] 杨炼

一

三十年　从夏天这边走到那边
三十年　酝酿着秋色

一杯更浓的浊酒
移至我面前　倒映咽下的笑

栀子香仍在缝合裂开的薄暮
草堂像草船　听　我自己的水声

流过　却未流出
绿莹莹的深潭叹息的直径

我漫步的鼻息拂低竹叶

数着疏雨　落入死亡的洁癖

三十年前　孩子转身丢下旋涡
又是花径　又是蓬门

登上诗人各自绝命的船
刮疼此地一千三百岁的河底

轻如一根草　任凭狂风镂刻的
不拒绝贫病题赠的

结局　他推过的石磨
磨着炊烟

淡淡飘散　我的成熟
像一个国度　习惯了忧伤之美

二

一行诗的幽暗甬道越走越暗
一行诗　园静游人散
竹林的竹杖点着风声　雨声　鸟声
浣洗的山花一如浣洗的人形
给我一个黄昏　渗出等了三十年的
发黄的纸　渗出两片水面远远推开的
两张脸　一架木床一张冷衾
追上燕子　暗香的空间不停退场
退至漏掉的血肉中亮起来的含义
给我一种命　不同于每一条路
却把路都变成影子　他慢慢行走
在我身边掷落酒杯大的雨滴
云愈漆黑　一点烛火从水底远眺
一个夏天读出一千个夏天的寒意
给我这能力　忘记诗歌才终于返回
刺骨的温馨　比语言更惊人的死
被不值得的活冒犯成一句空话

而我小心踩过边缘的大海　紧挨
他的清瘦　忘记拜谒一座草堂
三十年才琐碎地一点点搭起一座草堂
一行没有尽头的诗用尽了漂泊一词
一个历史　没有败壁颓垣
当千家灯火在一夜那么深的心里祭祀
拈出嫩嫩湿湿的蕊　同一次生成
给我红艳　体内留住的香
薰香此刻　星斗明灭着发芽
我已是又老又美足够洁净那人

（翻译 / 杨炼、马丹）

情感丝路

[葡萄牙] 路易斯 · 菲利佩 · 萨尔门托

历史留存了
时间的伤痕，
你谜团中所隐藏的秘密，
古老地图的深处，
火之明智威严的精神烈酒。
世界级都市或大都会文化
文字、色彩和肢体的帝国艺术，
展示在美妙绝伦的玻璃舞台之上，
在那一座座连接起远隔的双手
在诗歌里交错的桥梁之上。
这条情感的丝路
兄弟血脉，和而不同
如人类仪式中的咒语
如坚不可摧的联盟
刻写在集体记忆的篇章中。

（翻译 / 刘伊美）

金色太阳鸟

[俄罗斯]瓦季姆·捷廖欣

如果你崇尚美，
金色太阳鸟就会，
穿过敞开的窗户，
飞向在成都的你。

接着飞过头顶，
向你说出，
关于中国诗歌，
关于李白和杜甫的诗句。

它用普通的词句，
如真人般向你解释，
它是如何穿过，
天府花溪谷。

它像救世主一样飞来，
带来了好消息，
关于中国和俄罗斯的消息！
关于友谊长存的消息！

（翻译/陆岐）

记忆成都

[俄罗斯]唐曦兰

我闯进花溪谷间，
抚摸着它寂静的水。
感受诗句的歌声，
已很久驻留在我的心中。
在雕塑公园中徘徊，
属于世纪的创造者，
我触摸了古代文化，
很久以前吸引着我。
成都！那个可爱熊猫古城，
最终找到了自己的归宿。
那里的茶和著名葡萄园，
对所有游客日日开放。
我愿这座古老城市，
被太阳的金光普照，
中国人民前进，繁荣昌盛，
诗人的遗产，带你一起传承。

（翻译/唐曦兰、马丹）

子美逸风

Traditional Poetry

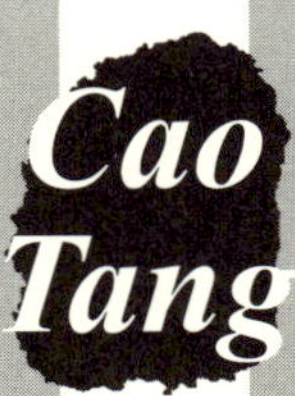

惊雨轩主诗选

◎惊雨轩主

[南山夜行]

才送斜阳去，云肥小月轻。
星光穿水影，鸟语补松声。
入境深山寺，归元薄暮城。
新鸦欺夜老，觑眼戏红英。

[山间野趣]

秋风连日软，草树色分明。
泼鼠东西跃，肥虫四五横。
金归樵径短，绿退柞身轻。
独去青山寂，松间问一声。

[喜 雨]

夏初行好雨，淅沥暮还朝。
向野分青翠，临河醒寂寥。
枝擎莺语婉，叶掩蝶魂娇。
想见南山外，千波绿浪潮。

[雨 后]

雨霁喧初定，林涵湿漉风。
痴云犹蔽日，野水自流东。
柳老千筋展，山青万径通。
枝添三五叶，藏起一声虫。

[南山夜]

归云施薄雪，灯瀑动新星。
人走东西栈，风回大小亭。
高阶衣不稳，静夜语犹泠。
揣起寻常事，闲时特意听。

赵小波诗选

◎赵小波

[盐井湾怀远]

秋至天沉俯峭崖，临风浅酌叹何迟。
江云浩渺三千重，烟树微茫四五姿。
怅感凄风楼外起，独怜孤雨寸中痴。
子规日暮啼残月，幽绪窗前可问谁。

[春日偶得]

新娇涵雨满庭茵，逢隙微寒悄袭人。
心入梦前权许醉，手拈笔颖浪轻尘。
沈腰潘鬓才几日，乘鹤吹笙又一春。
有意题诗青竹遍，却愁幽处独伤神。

[读陶渊明《答庞参军》有感]

相交倾盖成知己，闲饮谈谐再难寻。
晚照夕阳非俗调，残霞映月是骚心。
幽居孤岫怀前友，暗蓄佳辞传后吟。
且拾闲愁斟浊酒，遥游山间品涛音。

[夜 思]

薄衾孤笔更无琴，把酒才知夜已深。
孟德纵论盈缩日，陶公妙喻俯仰心。
幽思寄远何人问，浅意盈怀独我吟。
悄欲闭窗因怯雨，只祈梦中觅知音。

[寓长寿经年有感]

独偎阑干力渐湮，回首堪惊又一年。
去岁流连新喜趣，今朝空杳旧愁煎。
行歌半曲宜邀月，贪酒千钟早遇仙。
残醉烛熏香且懒，疲心瘦意恣更颠。

李茂林诗选

◎李茂林

[乡村即景]

槐花隔柳百枝妍，陌上芳香秀岭连。
日浴山川邀蝶舞，风吹竹径起云烟。

[琴韵品茶]

湖池滟滟映朝霞，绿柳青山倒影斜。
一曲琴音飞小巷，今寻老屋品清茶。

[桐花吟]

春风一渡紫芳花，雨翠桐枝映晚霞。
锦绣春城千里醉，紫燕啄泥到农家。

[沙尘泪]

狂风怒扫迷山径，节假时期去踏青。
嫩草寒霜今夜泊，红妆粉树受天刑。

[春 吟]

千条柳杪发芽垂，舞絮烟姿露堰池
暗问春风何处去，清明雨节鸭先知。